月亮门

陆江华　著

国文出版社
·北京·

图书在版编目（CIP）数据

月亮门 ／ 陆江华著 . -- 北京 ：国文出版社，2024.
ISBN 978-7-5125-1707-3

Ⅰ . Ⅰ267

中国国家版本馆 CIP 数据核字第 2024D5U516 号

月亮门

作　　者	陆江华	
责任编辑	苗　雨	
出版策划	凌　翔	
责任校对	陈一文	
装帧设计	金雪斌	
出版发行	国文出版社	
经　　销	全国新华书店	
印　　刷	北京鑫瑞兴印刷有限公司	
开　　本	787毫米×1092毫米	16开
	15.25印张	200千字
版　　次	2025年1月第1版	
	2025年1月第1次印刷	
书　　号	ISBN 978-7-5125-1707-3	
定　　价	69.80元	

国文出版社
北京市朝阳区东土城路乙 9 号　　邮编：100013
总编室：（010）64270995　　传真：（010）64270995
销售热线：（010）64271187
传真：（010）64271187-800
E-mail：icpc@95777.sina.net

代 序

诚实与妥帖

◇ 庞余亮

陆江华是个诚实的写作者。

诚实，在这个年头，已经非常稀少了。

为什么稀少？

诚实需要汗水，需要固守一块地，需要耐心等候春华秋实。

很多人做不到。

陆江华做到了。

写《论语》迷父亲，写养蚕时光，怀念外婆，还有上海姑妈的永远的572弄4号，陆江华就化身为素描课上最认真的学生，手中的炭笔，因为深情的爱，因为切骨的疼痛，每个亲人身上的光和影子都是那么妥帖。

妥帖，就是诚实写作的最好报答。

特别喜欢陆江华写校园生活的文字，那些老师，比如邦成老师；那些学生，比如小威同学、瑾轩同学、武勇同学，还有那个想做伟人的孩子。

陆江华"耐烦"得很，每个行动的来龙去脉、每个成长的速度和刻度，都是踏实的，一锹一锹挖掘出来的啊。

突然就想到了爱尔兰诗人希尼那首《挖掘》：

> 霉土豆的寒凉气息，湿泥炭的嘎吱声
>
> 和啪嗒声，贯穿我脑袋里那些醒觉的
>
> 鲜活根茎的锋刃所留下的粗率切口。
>
> 但我没有铁锹来追随他们一样的人。
>
> 笔蹲伏在我拇指和其他手指
>
> 之间休憩。
>
> 我将用它挖掘。

挖掘生活，也是挖掘自己。

写作，就是从文字中挖掘出另一个自己。这句话送给陆江华，也送给我们爱好写作的人。

加油！

2024 年 6 月 22 日

（庞余亮，江苏省泰州市文联主席、作协主席，扬州大学兼职教授。）

目　录

第二辑　且行且吟

第三辑　至爱亲情

第四辑　人间烟火

第五辑　文史寄缘

第六辑　灯下漫笔

第一辑　杏坛春秋

小威

新学期第一次课间操时，李老师走到我身边悄悄说："今年的班级管理得费点心哪！"我凝神问："此话怎讲？"她朝我前面努了努嘴。顺着她示意的方向望去，我看到了他——我班的小威同学。小威，身材高大，皮肤微黑，隆鼻长脸，头发微卷，更重要的是他看人时眼光冷峻，面无表情，这一看，我终于明白了李老师的话中之意。

第二天中午在学校食堂吃过饭，刚到办公室，值班的常主任找到我问："小威是贵班的吗？"我说是，他从身后拉出个人，正是小威同学，他晃着腿，耷拉着眼皮，一副死不认账状。"真是不走寻常路啊，怪不得经常看见实验室的桌子凳子上有鞋印。"常主任说完向我讲了事情的经过。我们学校有三排建筑，第一排是食堂，第二排是办公楼，第三排是教学楼，小威同学在食堂吃完饭，打开第二排办公楼一楼化学实验室的窗户，踩着桌子横穿实验室，进入教学楼的教室。"为什么要这样走？"他不语。"告诉老师，为什么？"在我的一再追问下，他从牙缝里挤出一个字："近。""你赶时间？""作业多的时候会这样走。""就是说，你以前经常这样走？"他抬眼看了我一下，不说话。我说："小威啊，我怎么说你好呢？你也知道这样走是不对的，只是心存侥幸，觉得不会有人发现，但要想人不知，除非己莫为。今天被抓，你有什么好说的？"见他态度有好转，我说："今天这事，你听我的，我处理；不听，交学校处理，你选。"他停了一会儿说："听你的。"我说："从明天开始，你每天吃过午饭在化学实验室前监管，不得有人像你一样穿越。"他点头："我保证。"我从不怀疑这孩子的办事能力，果然从那以后，爬窗户穿越实验室的事再也没发生过。

学校晚自习是这样安排的，第一节读书，第二节讲课，第三节自习。但每每到了第三节自习课，小威都要请假去厕所，而且一去就是大半节课，几次下来，我感到不对劲。照理说，自习课学生上厕所学校是允许的，况且我一个女教师管男生上厕所总是一件尴尬的事，但这事也太不正常了，不管还不行。我叫班上一个男生去厕所看看，一是看小威在不在厕所，二是看小威在厕所干吗。不一会儿，那男生来了，说小威在厕所蹲着看报纸。全班哄堂大笑。笑声中小威回来了，喊报告，又引来同学一阵大笑。他一脸蒙地看看大家。我走出教室，问他："在厕所里看报爽吗？"他笑而不答。我说："看报是好习惯，可以光明正大地在教室看，以后如厕不要超过十分钟。"他点头。其实吧，有些孩子是在试探老师的底线，你管，他就改，否则，就这样了。

期中考试后，不断有任课老师向我反映小威不交家庭作业。我想，跟这孩子相处这么长时间了，我该见见他的家长。于是一个深秋的上午，小威的父亲来了。小威跟他父亲长得太不像了，我把这想法告诉小威的父亲。他说是的，小威长得像妈妈，但性格随他。于是他讲了他自己小时候怎么顽皮，父母怎么宠溺，邻居怎么厌恶，讲他现在都讨厌自己，因为到如今自己没什么本事，教育孩子也没底气，感觉自己是个失败的父亲。

我说:"假设你是个失败的父亲,那你的失败一半来自父母的宠溺,是宠溺毁了你。但我希望,这样的悲剧不要再在你儿子小威身上重演,否则就是你们家庭的悲剧。小威才上七年级,正是长身体、长知识的时候,做家长的、做老师的,要为他备好充足的物质和精神食粮,用正确的道理引导他。我请你来就是了解他在家学习的情况,督促他好好完成家庭作业,学校家庭两头抓,这孩子未来可期。"

几年后的一天中午,我去口岸中学接女儿放学,一个男孩跑到跟前叫我:"老师!"我定睛一看,竟然是小威!小威见了我很高兴,告诉我他初中毕业后考取了口岸中学,目前学习愉快。有同学叫他,他向我挥手告别。

有一段时间流行歌曲《小薇》:"有一个美丽的小女孩,她的名字叫作小薇……"每每听到这里,我的眼前总会浮现出小威的模样。

邦成老师

我刚到王营中学工作时，邦成老师是我们语文教研组组长，他那时近五十了吧，浓眉大眼，常着一件藏青中式罩衣，围一条黑开司米长围巾。骑车的时候，头上那顶黄色雷锋帽常常因忘了系带而一只护耳贴着头，另一只护耳在空中舞着。

因教同一学科的关系，我常去请教他，每每这时，他总是停下手中的笔，从书堆里（他桌上的东西似乎比其他人多：学生的作业本、全套初中语文教材教案、近几年的《中学语文教学通讯》……）抬起头，接过我的问题，慢悠悠点燃一根烟，吐出一个烟圈，在烟雾中眯着眼睛说，这个问题是有争议的，你可以跟学生这样说……于是，我的问题便在他那里得以解决。

邦成老师不喜按常规备课上课。上课时，就拿着一本教科书，你别以为他记忆超好或者准备不充分，其实他备的课都在教科书上，那些密密麻麻的文字，都是他课前对教材的探究，特别是文言文，字里行间，红色的、蓝色的、黑色的文字填满了空档。他站在讲台上，口若悬河，常常别的班都已下课，他还沉浸在教材中，在那儿滔滔不绝，弄得想要如厕的同学腹诽他。

上邦成老师的课不会打瞌睡。上课铃一响，任课老师还没到班，其他班上闹哄哄的，唯他班上嘹亮地响起整齐划一的朗读声，邦成老师便踏着这样的书声走进课堂，开启上课模式。邦成老师嗓门大，而且上课特别有激情。有一次，不知他讲哪篇课文，坐在办公室里的我们突然听到了他高分贝的呼声："同志们，冲啊——"那声音仿佛来自硝烟弥漫的战场，叫人听了精神振奋。听他的学生讲，一次邦成老师讲《孔乙己》，讲着讲着，人不见了，学生站起来一看，原来他已经盘腿坐在地上了——他在模仿孔乙己被打断腿后坐着垫子去咸亨酒店喝酒的模样，那节课当然令学生印象很深。邦成老师上课也崇拜名家，向名家学习，与时俱进，比如，同样一篇课文，他喜欢变着花样上，今天拿著名教育家于漪的教案上，明天拿著名教育家吕叔湘的教案上。他还提倡无人监考制，学生互相督促，以此培养学生的自觉性。

二十世纪八十年代，所有的学校似乎都没有什么教研活动。我所在的学校也只有作文竞赛，每年举办两次，一般是在劳动节或国庆节前。先在班上举行初赛，优胜作品交邦成老师进行学校层面的选拔。为防止抄袭，每次选出的优作邦成老师必公示于学校过道口的大黑板上，如果一周内没人有意见，就确定最后的获奖者名单。那年我班柯贞平和戚亚峰同时荣获学校作文竞赛特等奖和一等奖，我至今记忆犹新。

邦成老师有好多口头禅，什么"不是猴子不上花果山"，什么"人厼厼的，心熊熊的"。一次我跟他探讨班级管理，他兴致很高，如数家珍般说了从教若干年来自己班级的考试情况，最后说了一句："其实吧，能当好一个班主任，未必不能当好一个校长，换汤不换药，道理是通的。"可惜他教书一辈子，语文教研组组长成了他最高的"行政职务"。

邦成老师心直口快，说话做事只顾自己嘴痛快，不顾对方的感受，他还特别听不得别人向他提意见，经常弄得自己和别人都下不了台。有个学生毕业后给他写信，说他的教育方式要改进。他在办公室大动肝火。我和邦成老师也有过小小的误会，好在我不追究，他不记恨，时间一长也便相忘于江湖了。

邦成老师也有温情的一面。工作之余，他经常给我们几个小年轻讲他八十岁的苦命老母，讲他的贤妻金娣，说金娣看电视喜欢哭，他总是把金娣搂在怀里说"哭什么呢，一切有我呢"，常使得金娣破涕为笑。也跟我们讲他相亲的场景，他去金娣家，坐堂屋里吃着茶，看金娣从东厢房跑到西厢房，他说没看清，于是媒人又叫金娣从西厢房跑到东厢房。谁知这两跑，竟然跑出了两个英俊的儿子。我们差点笑岔了气。那时我在学校后面空地里种了些雪里蕻，他便从家里带了芋头来跟我换雪里蕻，说是他老婆喜欢吃。后来我带孩子到学校，他见了总要从不多的早饭里拿出鸡蛋、包子什么的给我家宝宝吃。在那个自行车尚属稀有商品的年代，他常常用自己的爱车载上与自己同路的学生。

学校撤并后，我只遇到过邦成老师一次。那时的他已经退休，他告诉我，老婆因病已故，大儿子也不幸离世，他现在跟小儿子过。闲时与邻居打打小牌，日子也就这样过去了，后来一直没有遇见，但我常常会想起他，想起他对教育事业的耿耿忠心，想起他充满能量的诗意课堂，便收拾收拾自己浮躁的心，继续所喜爱的园丁事业。

拨响心中的那根弦

考场上静悄悄的，这是中考前三模第一场考试——语文考试，同学们都在埋头答题，有的奋笔疾书，有的咬笔沉思，考场上似乎有一股看不见的硝烟。是啊，再经历两场模考，学生们就要结束九年寒窗苦读进入中考考场，开始他们人生中第一场角逐。我的娃们，你们准备好了吗？我的目光扫过了每个学生，最后投向了他，他正握着笔紧锁眉头，似乎在努力地思考着。

他进班时语文不好，但不是倒数，每次考试总在及格的边缘徘徊。作业经常不按时完成，字也不好好写，最可厌的是上课总爱用右手食指和拇指捏鼻子，抹鼻子，把鼻子揪起来再松开，再揪起来再松开，反反复复，乐此不疲。下课后我为这事说他，他笑笑不表态，几天后，一切如外甥打灯笼。班主任没辙，把他调到了最后一排，他也没意见，虽然这样不影响别人，但老师上课看到他心里终归有些不舒服。

眼看就要中考，他好像不在乎，上课照样捏鼻子，还经常趁老师不注意，转过去对着后面书橱上的玻璃照来照去。作业更不好好交了。他可能知道要被老师喊到办公室补作业，总是一下课便不见人影。一模考试，他在我监考的考场上，答题状态还行，但依然捏鼻子，写一个字，捏好长时间的鼻子。时间一分一秒过去了，离结束还有十五分钟时，我照例提醒了一下时间。他似乎慌了，忙忙地写起作文，居然在收卷前写完了。两天后评讲试卷，下课后，他拿着试卷来找我，说给他少判了十分。我算了一下，果真，给他加了分数，这样一改，他的分数上升了好多。我说考得不错啊，照这样，你有望考进普中。"真的啊？老师你没骗我？"他很惊讶。我说骗你干吗，我工作这么多年，说这句话是有依据的。他表现出从没有过的虚心。三模考试前，我跟他讲，好好考，考好了老师祝贺你。他有点将信将疑，但复习态度立马有了改变，上课比以前专注多了，特别是捏鼻子的次数也少多了。

后来的一个晚上，开完家长会，我正在办公室准备明天的课，一个女人探头进来，说是他的家长，问孩子上次考试成绩是不是真的好。我说是真的。女人说现在孩子回家做作业了，他还说自己考习中应该没问题。女人的话语中有欣慰，有激动，还有几分期待。

这让我想起了另一名学生明。明刚到班级时成绩一般，虽然家里一直请人给他补课开小灶，但没起色。一次作文写得不错，我在课上表扬了他，之后他的成绩就突飞猛进了，最后以优异成绩考取重点高中。后来明的妈妈告诉我，那天一回家，明就拿着作文本等他爸爸回来，没想到那天他爸爸有事，到十一点还是没回家，临睡前明反复叮嘱妈妈，爸爸回来后一定要叫他看作文……我再次把目光投向他时，他已经做完试卷，正在复查。我想这次，他的成绩一定不会差的。

突然想到了夏季栽秧。秧苗从一块田里拔上来，再移栽到另一块田里，几天后便长相不一：有的站得笔直，精神抖擞；有的则病歪歪的浮在水面上——我们把这种秧苗叫"游秧"，这时农人会小心地把游秧一棵一棵拨正，拨正后的秧苗便挺直身子，壮壮地长起来了。学生也是这样的，一个班的学生学习态度和学习成绩参差不齐，各种原因有的是基础差，学习有困难，但更多的是有能力，只是缺少动力和助力，如果这时教师能给这些学生一点帮助、鼓励，抑或关爱，把他心中的那根弦拨响，那么，你就等着看他的精彩吧。

骄傲

　　要放晚学时下雨了，黄豆般大小的雨滴敲在窗子玻璃上"啪啪"地响。今天我值日，按学校规定，得站在学校门口维持秩序，可我也没带雨具，好在办公室离校门不远，便拿了张报纸挡在头上冲进了传达室。

　　我们那时是农村学校，学生不多，校舍简陋，家长接孩子就在校门外。这时的学校门外已有不少人，他们隔着门站在雨里，有打伞的，也有穿雨衣的，有的是爷爷或者奶奶，有的是爸爸或者妈妈，他们的车停在不远处，只等放学后接到孩子就开车回家。我看看墙上的钟，还有几分钟，便把目光投向窗外。外面一眼望去全是雨帘，车棚上的水瀑布一样地落下，路上几乎没人，水流在地上横冲直撞，只要找个低洼的地方便夺路而逃。初夏的雨来得快去得也快，过了一会儿，雨小了些。

　　"这雨快要停了，真是个好。"一个七十岁左右的老年男子说。

　　"天气预报说了今天有雨的，我叫我们家孩子带雨具，可她就是不听，这不，还真被它算着了。"说话的是个年轻的女子，回头看看老年男子说，"你是来接……"女子的疑惑我能理解，在我们这里，很多看上去是爷爷的家长实际上是父亲，开家长会时老师经常因把父亲错喊成爷爷而尴尬。

　　"哦，是接我孙子的。"

"上初几了？"

"初一，呵呵。"老人望一眼女子，似乎意犹未尽，接着说，"别看他才上初一，可个儿比我高。"他用手在自己额前比画着，"小家伙主要是胃口好，中午能吃满满一大碗饭呢，现在体重一百三十多斤。"

"现在的孩子都长得壮，这与营养有关。"不知谁插了一句。

老人不管，继续说："我家小家伙早饭晚饭全自己做，想吃什么做什么，可能干呢！上次我感冒，小家伙还熬了生姜红糖水给我喝，呵呵。他说了，长大了做个厨师，做遍天下美食，尝尽世上美味。"

"孩子父母呢？"女子忍不住问。

"在外打工多年了，儿子是一家公司的项目经理，儿媳跟着儿子做饭管账，忙得很，一年回来一次就不错了。小家伙刚四个月就跟我过，我以前也当老师，如今退休在家，我和他的奶奶就像是他的父母，孩子也粘我们，放学一到家先找爷爷，所以我哪也不去，怕他回家找不着我。"

"哦，你也很不容易的啊。"

老人见自己的话吸引了好几个听众，越发来了兴趣："怎么说呢，只要儿女过得好，我们做父母的多付出点也是心甘情愿的……我孙子对学习不感兴趣，可对画画很感兴趣，开学这才几天啊，彩笔已经用了两盒。我把他画的画全贴在堂屋墙上了，你别说，挺好看的。我准备暑假时把他送到画画辅导班提高提高。"

年轻女子叹道："我们家是谈到学习鸡飞狗跳，不谈学习母慈子孝。上次班上弄了个手工课，她就迷上了，每天回家做完作业第一件事就是倒腾她的那些花布头，布娃娃身上一天一套新衣服，家里都可以开个服装超市了。

看她那认真样，我经常想，说不定将来世界级时装设计师就出自我家呢。"

"哈哈哈！"大家一阵哄笑。

说话间放学的铃声响起。不一会儿，就有学生冒雨冲过来。

老人突然大叫起来："兵兵，爷爷在这儿呢！"

立即就有一男孩冲到了老人身边，我一看，那个兵兵原来是我班的周兵阳，进班时总分倒数第一，还经常因写的字如甲骨文般被老师批评。

成绩再差的学生，都是家长心中的宝贝，都有值得家长骄傲的地方！再看周兵阳时，感觉这孩子其实并没我想象的那么差。

角色

　　我一边做早饭，一边看着刚收到的一条短信："陆老师好，我是您的学生栾静韵，现在我是一名高中生了，可我好怀念以前的老师和同学哦，感谢您的教导和帮助，祝您教师节快乐！Happy Everyday！请把我的祝福带给其他的老师！"哦，今天是教师节。每年的教师节，我的手机都格外热闹，学生、家长、朋友和亲人的问候总是温暖着我，让我深深感受到作为一位人类灵魂工程师的自豪。但栾静韵的问候来得这么早是我没想到的。

　　我在脑海里努力搜寻着这个小女子的模样：高高的身材，白白的鹅蛋脸上总是不卑不亢的神情，有着她那个年龄少有的沉稳。栾静韵是个外地学生，那年我带初三，她是班长，学习挺用功的，最令人佩服的是她很有主见，在同学中很有威信。一个星期一的早上，我有早读辅导课，正在准备早饭，突然来了电话，是个陌生的号码。我一边拿电话一边想这肯定又是哪个学生请假，可一听，却是一个陌生女人的声音："陆老师，我是栾静韵的妈妈，有件事情，我想了一夜，想请你帮忙。"我心里尽管急，因为早上的时间对我来说比较宝贵，可家长一定有什么急事，就说："你说。""老师你可能对我家的情况不太了解，栾静韵的父亲去世得早，她还有个双目失明的奶奶跟我们过。为支撑这个家，我开了个日杂店，整天绑在店里，跟孩子沟通比较少。这孩子跟我的脾气一样，就是倔。她上周五回来，因为一点小事被我数落了一通，她就一个人回了老家，我在店里走不开，实际上也是气，就没过问她，谁知她竟然一直没跟我说话，今天早上自己去了学校，什么也没带……以往，我都要给她零花钱，还给她准备牛奶饼干一类的零食，可今天她什么也没带！这两天也不知道有没有吃饭……孩子一个人在外面上学，难得周末回来一次……其实这事也怪我，可我就是不想先向她低头，昨晚一个人难过了一夜，我知道这孩子平时挺信老师你的，请你找她谈谈好吗？"后几句话夹杂着重重的鼻音，我能感受到电话那头可能已经泪流满面了。我安慰了她几句，饭也没来得及吃，顺路买了早饭带到学校。

天边的太阳刚刚露脸，清凉的阳光照在路边的红叶石楠上，同时落在红叶石楠上的还有几只黄鹂，它们清脆的叫声在校园回荡。我到教室时，学生已经来了不少，栾静韵也已经坐在自己的座位上读书了。我走过去叫她出来一下，她出来后我问她有没有吃早饭，她支支吾吾的，我叫她到隔壁我的办公室，拿出买的早饭叫她吃，她不肯，在我的坚持下，她终于坐在我的椅子上吃了一个茶叶蛋和一个南瓜饼，然后，很不好意思地说："谢谢老师！"我故意打着哈哈说："老师给你买了一次早饭，你就知道谢，有个人以前天天给你做早饭，为你操心，你怎么不知道感谢呢？"她先是莫名地望着我，然后低下头，不断用脚尖蹭着水磨石地面。我问她这两天在哪里过的，怎么不去店里看妈妈，她抬起头，眼睛望向远处，沉思着不说话。看得出来，她对那件事还纠结着。我把早上她妈妈打电话的事情告诉了她，她有些局促不安，咬着下嘴唇，眼底有亮光闪过，我递给她我的手机，她立刻拨通了妈妈的电话，一边流泪，一边说着什么。我悄悄走开了。

下午上课前我到教室布置了一下月度测试事宜，出来时，栾静韵跟了出来，脸上带着少有的笑容："老师，我妈妈中午来过了，谢谢你！"我露出了发自内心的微笑。

时光荏苒，岁月轮回，很多东西我都已淡忘了，唯独对教师这个角色，一直仰视并敬畏着。

洁白的拖把

星期四早上到班上看早读，我发现靠在后门边上的拖把柄齐刷刷地断了，断裂处崭新的木头颜色格外刺眼。这是怎么回事呢？问了几个坐在旁边的学生，都说不知道。

下课后，我找来了几个平时比较调皮的学生："班上的拖把柄断了，你们知道是谁弄的吗？"回答都是不知道，我说："要想人不知，除非己莫为，你们敢当面给我写下保证书，说自己没干吗？""敢！""敢！"不一会儿，几份保证书递到了我的手上。

中午，因为心里一直牵挂着拖把的事，所以我来得很早。班上静悄悄的，学生正在自习。我说："同学们，占用大家几分钟的时间说件事，班上的拖把柄断了，你们知道谁弄的吗？"

话音刚落，同学们便议论开了："肯定是卞卡，他最皮！"

"我没弄，我、我……"我把目光投向卞卡，他一会儿看着我，一会儿转身看着同学，脸涨得通红。

"还说没弄？上次班上的窗玻璃是谁打碎的？"

"对，还有上周，黑板报上的饮料是谁泼上去的？还犟，尽会捣蛋！"

……

说到卞卡，我就没好心情，这孩子父亲早逝，母亲常年在外打工，他跟着年迈的奶奶过，班上什么坏事都少不了他，几乎是大事三六九，小事天天有。自从本学期进了学校思想提高班，他才稍微收敛一些。但今天这件事，难保与他没有关系。

　　我做了个安静的手势："同学们，一把拖把是小事，谁在使用的时候不小心弄断了也是很正常的，但如果知情不说那就不诚实了，万一被查出来那是很可耻的。希望知情的同学到我那里讲一下？"说完，我还下意识地看了卞卡一眼。

　　一个下午都没动静。

　　活动课上，我召开了值日生会议："你们听到什么了吗？"

　　"老师，下午卞卡哭了，说自己确实不知道这事，我看这事确实与他无关。"

　　"老师，这事好像不是我们班学生干的，不是我吹，我们班现在应该没有这种素质的人！"

　　"老师，周洋好像知道这事。"

　　"哦，快去叫他来。"

　　不一会儿，周洋来了，我问他："听说你知道拖把的事？"周洋"噗"的一声笑了："我跟同桌开玩笑的。不过你应该去问一下贾同。"对呀，贾同负责关锁门窗，怎么把他给忘了！我立即叫来贾同："你知道拖把的事吗？"他迷惑地摇摇头。

　　放学后，看着办公桌旁的拖把，我陷入了深深的思考。这事到底是谁做的，是无意，还是有意而为之？如果是无意的，那就该站出来说一声；如果是有意的，那"作案"动机又是什么呢？这事既然学生都知道了，那一定要处理好，不能放过一个坏人，也不能冤枉一个好人。我决定明天去问问那天值班的老师，看看有没有什么线索。

星期五一早，我到学校停好车就来到班上。一进门，就感觉气氛有点不一样，学生们有的看着我会意地笑，有的扭头朝后面看，我顺着学生的目光，径自朝后面走去，眼前不觉一亮：门后赫然放着一把崭新的拖把，雪白的棉布须，鲜红的拖把柄，拖把柄上还用胶带粘了一张纸条，我迅速撕下，打开，一行清秀的字立即映入我的眼帘：

（4）班的老师同学：

　　对不起，拖把是我弄断的。前天放晚学后，我的同桌吐了，我帮他扫了呕吐物，可水迹扫不掉，气味难闻，就到你们班拿了拖把，当时你们班值日生倒垃圾去了。没想到我在水池边滑了一跤，弄断了拖把柄，我昨天叫我妈买了一把新的，今天算是将功补过了。

（3）班赵明
××月××日

我收好纸条，朝卞卡走去……

瞧这些初一的孩子们

我一直教的是初三，今年突然下来教初一，挺新鲜，觉得初一的学生跟初三的学生相比，差别很大，特别是刚开学那阵，一个个上课怯怯的，常常顾上了听就顾不上记，有时一句话要重复几遍他们才能勉强听懂，因此常我感慨：初一的学生太小了！

瞧那个李睿，个头最多一米四，体重也绝对不会超过五十斤，一张少有笑容的胖嘟嘟的四方脸上常常带着憨憨的表情，引得教计算机的张老师忍不住要"抱着惯惯"！但也有个头高的，大多是女生，比如张燕。那次上完音乐课，我跟她边走边聊，她忽然神秘兮兮地对我说："老师，我姐认识你，我姐说你笑起来的时候眼角纹很深……"

瞧这个杨经纬，经常在早读课上打瞌睡，但他的思维总是独特的。那是今年刚开学的第一节作文课，我刚指导完题目《这就是我》要学生自由发言，他第一个举手："我叫杨经纬，因为我爸爸经常幻想能周游世界，所以给我起了个这样的名字。"哦，全班我第一个记住了他，杨经纬！可后来大多数同学都写了一半，他还是只字未写。我轻轻走过去问。他说，老师，我不知道我自己长什么样。我说，你没照过镜子吗？他回答没有，学生们哄笑，我叫他站到讲台上去。他迟疑了一下，还是去了，我叫他面向大家，请大家描述他的外貌。

"他的皮肤有点黑！"甲同学说。

"他的眼睛有点细。"乙同学说。

"他和我一样，戴着眼镜。"丙同学说。

"他的牙很白。"丁同学说。

……

我拍拍他的肩膀："明白了吗？"他点点头，回到了座位上。后来他在自己的作文中写道："我觉得我长得还挺帅：黑黑的脸上戴着一副小小的眼镜，我的头发可用'刚强'二字形容——因为我的头发太硬了，小小的眼睛常常眯着，粗粗的眉毛像毛笔画的两条线……"

这位叫李涛，刚开学的第一个星期天他妈妈就打电话给我，说检查了李涛的语文作业，发现李涛这孩子学习很不自觉，还说谎。我记住了他——李涛！每每看见他，总会想起他妈妈的话。那次，他的作文写得很棒，我在班上表扬了他，他一开始很惊讶，后来很不好意思，等语文课代表读完李涛的作文，我发现李涛原本白白的脸竟红红的，低着头，手不停地卷着书角，还不时地用余光偷偷地看我，但我决不怀疑那篇文章是他自己写的。

这位叫王文，初一办公室的常客，因为作业经常不交和迟到，我也经常找他，但常常找不到，因为他下课后总是被其他老师叫去订正作业什么的。有一次我终于找到了他，他把订正好的作业本恭恭敬敬地递给我，紧张地看着我，一脸的惶惑。我问他，经常被老师叫到办公室批评，难为情吗？对于这样的问题，通常情况下，被问者都以沉默作答，可王文立马一本正经地对我说，老师，我也觉得很不好意思的，可我觉得自己有点笨！

说完便低下头。我告诉他，作业不按时完成与笨不笨无关，好学生都会按时完成作业的，况且如果作业有困难可以问老师呀。他看着我点点头，临走，他要了我的手机号码，第二天晚上，我就接到他的电话，问"一代宗师"的"宗"是不是平舌音。

虽然开学也才只有两个多月，可我已有太多的体验和感悟。著名作家吴伯箫说，跟困难作斗争，其乐无穷！可我只想说，与这些初一的孩子相处，乐趣多多！

初一的孩子，真纯真，真可爱！我在备感欣慰和快乐的同时也感到了肩上责任的重大。

有个女孩叫瑾轩

　　不是每一届都有我能记住的学生，但一旦记住总是忘不了，比如瑾轩。

　　瑾轩是我教八年级时的语文科代表。记得开学第一天就有办公室的女同事问："你的那个科代表是男孩还是女孩？上次在厕所里见到她，吓我一跳呢。"说实话，瑾轩无论是穿着还是声音甚至举止，确切地说，跟男孩没什么两样，乱糟糟的短发，黑黝黝的脸，特别是永远穿着那件深色的休闲外套，走起路来，双手往敞着的外衣口袋里一插，优哉游哉的，全然没有一点女孩的矜持。下课了，她喜欢跟男生追逐打闹，有一次差点撞到走廊里的我，她做个鬼脸一转身跑了。

　　那次大课间，瑾轩来送默写本，我趁着办公室没其他人，便委婉地向她提了两个建议，一是穿点女性化的衣服，二是多跟女生交往。没想到她红着脸一本正经地说，老师啊，为什么不能穿男式的衣服啊？我觉得男式的衣服太帅了，再说，我就喜欢跟男生交往。我说，老师我没别的意思，只是担心你跟男生交往多了，产生不好的想法。她立马一本正经地说，老师，我向你保证，不会的。然后像自语一般地说，我只是觉得跟男生交往比较简单，女生可复杂了。

　　那天领导要听我的课，课前，我叫学生到办公室搬椅子，瑾轩跑到我面前问，老师，是不是有人要听课？我说是的。瑾轩说，老师你不要怕，我们不会给你丢脸。果然，瑾轩上课特别配合，什么问题都举手抢答。在瑾轩的感召下，那节课课堂气氛很活跃，课也上得很顺。

放学后，瑾轩执意等我一起回家，我们骑车并行。深秋的夕阳照在路边的香樟树上，香樟树的影子则投映在我们身上，这情景让我想起曾经与女儿一起骑车回家的快乐时光。我告诉瑾轩，骑车要走自行车道，要靠右行驶，最重要的是不要闯红灯，因为有一次我看见瑾轩闯红灯了。瑾轩不接我的话，说，老师，你今天上课说，儿行千里母担忧，可我觉得我妈一点不担忧我。我说你妈就是担忧也一定是在心里，你看不出来的。她急了，说，不是的，我都两年见不到我妈了，昨晚我一个人在医院挂水时给她打电话，她都不接，每次都是这样，回家后我躲在被窝里哭了好久，其实我可想她了。说到妈妈，瑾轩脸上有了久违的笑意："老师你知道吗？我妈可漂亮了，"她像在自言自语，"长头发，大眼睛，更重要的是，不像我这样黑。每次看着她，我心里就嫉妒，呵呵，妈妈的优点一点都没遗传给我。"我想起了上次班主任的介绍。瑾轩的父母都在外地打工，瑾轩从小学起就被寄养在一个张姓朋友家。后来父母因感情纠纷，来看瑾轩的时间越来越少。虽然张姓朋友对瑾轩很是关心，但再关心又怎么能替代父母呢？我瞥了一眼瑾轩，说，我请你吃晚饭吧。瑾轩说不了，回家晚了张阿姨会着急的。

瑾轩也有令我不满的时候，比如她的家庭作业经常不能完成，而且书写潦草，作为一个语文科代表，这可不行。为这个，我没少提醒她。一次我实在气不过，激了她一句。下课后，她来找我，很认真地跟我说，老师，我想跟你打赌。"哈哈哈，赌什么？""这次期中考试，我语文能考到全班第一，你就陪我玩一天，否则，我请你吃东西。""好啊，可以。"我一口答应。后来的一段时间，瑾轩果然很用功，期中考试结束后，她拿着考卷冲到我办公室旁若无人地说："老师，这个礼拜天你得陪我玩了！"我没食言，整整陪了她一天。我们先去了江边，坐在宽宽的堤岸上看芦花，我给她讲古柴墟八景，讲"芦岸桃花"，讲渡江英雄叶明章，讲关帝庙红墙……瑾轩也给我讲了她小时候不肯上学，在家里装病的糗事，她时而哈哈大笑，时而眉头紧锁。中午，我请她吃了她最爱的烧烤。下午，我们逛了雕花楼风景区，我给她拍了好些照片。看得出来，瑾轩很快乐，她的快乐从来不会藏着掖着。

就要期末考试了，复习很是紧张，上午下午的课间操早已换成了自习课，体育、音乐、地理、生物课，也都分给了主科老师，学生每天有读不完的书、做不完的作业。一眼望去，老师办公桌上像是深圳特区——"高楼"鳞次栉比，蔚为壮观。瑾轩居然两天没来。我问班主任，她说瑾轩的家里出事了，瑾轩跟父亲吵翻了，还想离家出走。再次见到瑾轩的时候，她的情绪非常低落。"怎么啦？"我关切地问。"没什么，老师，都是家事。"瑾轩神情沮丧。眼睛没离开右手转动着的笔。我坐在她对面悄悄地问："还敢打赌吗？""敢。"瑾轩转笔的手停了，两行清泪唰唰流下。我找到班主任，想约她一起去瑾轩的家里看看，但班主任说："联系过几次了，家长都说工作忙，没时间。我看就是两个人都不想抚养这孩子，在互相推诿！这样的家长真不称职！"

第二学期开学，瑾轩转学了。听说她父母离婚了，她跟了父亲。又听说她父亲再婚，瑾轩又被寄养到一个李姓朋友家。

如果没有记错，瑾轩今年应该上高中了。瑾轩，你现在哪里？一切还好吗？

男孩武勇

在我记忆的长河中，武勇是一朵经常跃出水面的浪花。

武勇是邻县人，慕名转到我校就读初三。彼时的他黑黑的皮肤，比较土气的知青发型，但身形挺拔，镜片后面的眼睛里面有灵气。印象中武勇上课时话少，也很少举手，每每到小组讨论的环节，他都拿笔在书本上忙着记录，但是武勇爱动，是下课后的活跃分子，喜欢"猫儿搭爪"，经常被同学追着打，但同学哪里跑得过他，他轻而易举地跃过凳子，毫不费劲地穿过过道，神气活现地站在讲台上，露着雪白的牙齿，用沾满粉笔灰的黑板擦拍着讲台大叫："有种的过来！"体育课上、运动会上都少不了他雀跃的身影，他几乎是全能选手，为班级争得了不少荣誉。

学校食堂每天开两次伙 —— 午饭和晚饭，可能农村学校都是这样，下课铃一响，学生自己去食堂用餐。为了能早点到窗口打到饭菜，不少学生一路小跑。依武勇的性格，小跑是不过瘾的，百米冲刺式的狂奔才行。武勇几乎每次都第一个到窗口打到热气腾腾的饭菜，挑上自己喜欢的座位边津津有味地吃着，边用得意的目光望着后来者。那天，武勇终于为狂奔付出了代价，他一不小心被一块小砖头绊倒，由于惯性的作用，脸跟地面狠狠地"亲吻"了一下，上门牙磕着了下嘴唇，下嘴唇立马豁了个很深的口子，满嘴是血，到医院缝了五针。后来好长一段时间，武勇只能吃着面包，用吸管喝水，叫人看了怪心疼的。

第一学期期中考试后照例召开家长会，武勇家来的是他爷爷，一个六十开外的壮实男人。武勇的爷爷很不好意思地告诉我，武勇的爸爸妈妈都是手艺人，生意很忙，来不了，有什么话他一定转达。闲聊中我得知，武勇的生活都是爷爷管，早上奶奶做早饭，爷爷送武勇上学，晚上晚自习结束也是爷爷接。看得出来，爷爷对这个孙子非常疼爱，也寄予着殷殷的希望，他希望孙子不要重蹈他爸爸妈妈的覆辙，好好学习，将来找一个好的饭碗。其实武勇的成绩也一直没让爷爷失望过，爷爷说武勇在小学里每年都是三好生，学习从来不用家里操心。按武勇目前的态势，他明年考上本地重点高中应该是不成问题的。可事情的发展并不是如你想象的那样，就在离中考只剩一个月时，武勇有情况了。

周一早读课，武勇来晚了，他站在教室门口提着书包喊报告的时候，已经离下课只剩五分钟了。我正要问他迟到的原因，才发现武勇后面还站着一个人，一个女人。女人见了我，忙自我介绍，说是武勇的妈妈，今天送他来，是想见见我。正好我第一节没课，为方便说话，我带她到了一楼会议室。

武勇妈妈说昨天晚上给武勇洗衣服，他们家的衣服都是周日晚上换，然后周一穿着干净的衣服上班上学。昨天晚上在洗衣服前她习惯地清理武勇口袋里的东西，竟发现了一张纸条，喏，就是这张。武勇的妈妈从口袋里掏出一张纸条递给我。这是一张普通的作业纸，上面密密麻麻地写了大半页字，字体挺秀丽的，我浏览了一下，原来是一个叫婷的女孩写给武勇的，大体意思是说崇拜武勇，并说自己这几天心情不好，想约武勇周末出去野炊。从内容上看这不是第一次写了，可能在这之前他们已经有过书信交往了。武勇妈妈说，她当时就想把武勇叫起来查问，可武勇爸爸说孩子已经睡了，明天再问吧。今天早上，她问武勇了，他没瞒她，说这女孩是他隔壁班的，是女孩先写信给他的，他也回了两次，他还说女孩的妈妈知道这事，没责怪女孩，唉，也怪他们做父母的，只顾忙挣钱，忽视了对孩子情感上的疏导，看到节骨眼上出了这事，她昨夜一宿没合眼，今天来，就想请我帮着说说武勇，把武勇的思想工作做通了，然后女孩那边，她想去会会女孩的母亲。

第一节课后，我找来武勇，武勇自知理亏，低头不语，偶尔把头抬起来作深思状，然后又低了头。武勇妈妈说，说话呀，今天就当着班主任的面把事情说清楚，要么跟那女孩一刀两断，要么现在就叫上那女孩回家结婚！听了这话我还真的佩服武勇的妈妈，为了缓和一下气氛，我说回家结婚那是不现实的，我国婚姻法也不允许，况且这也一定不是武勇的初衷，武勇是个聪明的孩子，在升学和结婚这两件事上他能掂量出孰轻孰重，我只是想说，目前能否把女孩的事先放一放，我们先忙升学，咋样？武勇点头。武勇的妈妈紧接着说，武勇你可别让班主任和家长失望啊。武勇抿了抿嘴唇说，知道。等武勇进了班，武勇妈妈说，还请老师盯紧点，她怕武勇要滑头，我们保持联系啊，她这就去见见女孩的妈妈。我说你认识女孩家吗，她说武勇早上已经告诉她了。后来这事似乎再也没有什么苗头，再后来武勇如愿考上了地方重点高中。

新学期开始了，我又接了个新班，一切又从头开始。周末正在家里打扫卫生，忽然接到武勇妈妈的电话，说找我有事。还有什么事呢？我纳闷着开了门，武勇和他的妈妈与他的爷爷正站在我们家门外。我请他们进门，刚想泡茶，武勇妈妈阻止了，说不泡不泡，他们刚吃过早饭过来的，然后转头问武勇，是她跟老师说呢还是武勇跟老师说？武勇说，你说吧。武勇妈妈转向我，说武勇的新班主任找她，告诉她武勇有早恋的倾向，她就偷偷地去他学校跟踪，发现他与那个女孩还在交往，回来后，她问他当初是怎么跟班主任和家长表态的，难道他说话不算数？他说，自己没食言，当初老师说先把跟女孩的事放一放，又没说不要跟女孩相处，现在中考已经结束了，他跟那女孩相处不是很正常嘛，何况他们又不是谈恋爱。今天家长带他到老师家来，请老师评评理，他到底是食言还是没食言。我哑口无言，没想到我当初的一句话他是这样理解的！武勇错了吗？似乎是错的，因为他才上高一，按理说中学生是不宜谈恋爱的，但是谁说中学时期的男生女生之间不应该有纯真的友情呢？

　　我陷入两难！

一个想做伟人的孩子

俄国批判现实主义作家列夫·托尔斯泰有一句经典名言，说幸福的家庭都是相似的，不幸的家庭却各有各的不幸。我经常用这句话来比照我的学生，成绩好的学生大多能得到父母的照顾，家庭和睦，经济情况也不错；成绩不好的学生也未必是智商有问题，不是因为父母不在乎孩子的成绩，就是因为家庭不完整影响孩子的成长，而王友会属于后一类。

可能因为成绩或表现一般，王友会在我们学校（两轨制，六个班）上了初一和初二，很多情况我们并不熟知，等到了初三分到我们班，我才对他有了些许了解。王友会，中等个子，皮肤略黑，长得挺壮实的，这孩子话少，不善与人交往，半学期过去了我甚至没见他笑过一次，不管是上课还是下课，这绝不是夸张。期中考试后，我找他谈过话，知道了他家住学校西边，每天自己骑辆自行车早出晚归，成绩跟初一初二差不多，在班上处于中下的位置，我鼓励了他几句，他用点头回应了我。

由于学校扩班，而校舍有限，于是我们这个班就被安排在了紧邻学校的一个废弃的小学部，暑期间就已经给我们这个班吊了天花板，装上了日光灯，铺设了地面砖，门窗也被修缮一新，我的办公室就在教室的隔壁。那是一个深秋，下雨了但不大，天阴沉沉的，已经感受到了秋的凉意。我正在办公室里批改作文，学生的作文水平参差不齐，全班这次只有两篇作文入我的眼，一篇是印西的，一篇是殷磊的。印西的作文接地气，有真情，而殷磊的呢，只因了文中一句话："二十年后，我会对我的司机说，去，把我的宝马开过来！"我觉得这个孩子有魄力。我把这两篇作文抽出来反复品读着，权衡着哪篇可做明天作文课上的范文，这时，有人敲门。

来者是个五十开外的男士，矮矮的个子，黑黑的皮肤，尽管门没关，他还是叩了门，我请他进来，让座，见他走路一跛一跛的，衣着单薄且旧。他落了座，问，你是初三（5）班的班主任吗？我说是的，有什么事你尽管说。男士如释重负地叹了口气，我是王友会的大大，想找你谈谈，王友会的情况你可能还不完全了解，他五岁的时候就没有父亲了，他的母亲后来也离家出走了，王友会一个小孩子在家哇哇地哭，没办法，我去把孩子抱过来养。我是个残疾人，我知道我无法养活老婆和孩子就一直独身，自从把王友会抱回来后，我四处找活干，无奈我一只手和一条腿使不上劲，没单位肯收我，最后只得去卖肉，我每天早上三点多就起床，做好早饭放被窝里捂着，留给王友会起来吃了上学，然后就出去拿肉卖，中午回来简单地弄点吃的，睡一会儿就准备晚饭。王友会有一点好，随便你做什么他都吃，不嫌好嫌丑的。我常想，为了我周家有个后代根，我吃点苦也值得，只恨我苦命的兄弟走得早，但是昨天发生的事让我后怕了。

他停了停，用手挠了挠头发，继续说，昨天有个邻居请客，我做好晚饭留给王友会回来吃，自己去了邻居家，吃过晚饭回来，发现王友会不在家，但书包、自行车都在家，人呢，估计不会跑远，我先在家里找，又到隔壁找，最后在我家的假屋面上找到了他，他满身酒气，脸上通红的，显然是喝了酒，我说你看看你这像什么样子，还像个学生吗？他回我，学生算什么，我要当伟人，不做你这样猥琐的胆小鬼。老师你听听，这是什么话！这十几年我担惊受怕，起早带晚，辛辛苦苦拉扯他我容易吗？最终得到了这句话。不怕你笑话，我昨天晚上钻在被窝里哭了一宿。他说不下去了。我说小孩子说话没轻重，你别跟他一般见识。正好下课了，我到班上喊来了王友会。

　　王友会到了办公室，站在了大大旁边。我指着大大问他，这是谁？他说大大。我说你知道大大来干什么吗？他不说话。我问他昨晚是怎么回事。他头埋得更低了。我说昨天你喝酒啦？他说昨天大大不在家，我吃饭时看到桌上的酒瓶，好奇，喝了一点点。我说我经常在班上强调中学生是不可以喝酒的，难道你没听见？他不说话，我说大大一个残疾人供你吃喝、供你上学，你不应该感恩吗？你已经是个初三的学生了，这点道理难道不懂？今天大大坐在这里，你要不要当着我的面先给大大道个歉？王友会迟疑了一下，走到大大旁边说，大大对不起，我错了，我以后再也不这样了。我说你想做伟人没错，但你知道吗，伟人都是知恩图报的。古人云，自古英雄多磨难，从来纨绔少伟男。我希望你能珍惜当下，将来有所作为，带上你的大大一起过好日子。

　　几年后在一个小超市我偶遇了王友会。他还是那样，略黑，郁郁的，恭恭敬敬地叫了我一声。我没敢问他的近况，他没做上伟人，他没有做伟人的底气，倒是殷磊做上了大老板，开上了宝马车。

秧田里读《人生》

　　我到陆校长家的时候他们也陆续到了，有白白胖胖的张美林老师、被人称作"侉婆子"的李扣华老师、精明能干的许婉林老师，还有严桂平、张桂艳、贾美耀、徐茂盛和孙少华。陆校长分了工，女教师们带上小凳子和扎秧用的稻草把，跟着陆校长前往小秧田，准备拔秧，孙少华则带着其他人前往大田去平田。陆校长忙于工作，他的妻子要负责全大队的妇女工作，还要照顾三个娃和卧病在床的老母亲，家里养了猪，养了鸡鸭，更悲催的是前天，她把腰扭了，陆校长急得不行，这事被我们知道了，大家相约来帮他。

　　太阳升起来了，路边小草上的露珠闪动着莹莹的光，滚落下来的露珠打湿了我的鞋和裤脚。在我们当地有个"关秧门"的说法，就是如果全生产队的秧苗都栽好了，你家却没栽好，那将是一件很不好意思的事情。所以每逢秧场，生产队里男女老少全体出动，那些担心栽不快的人家还请来"秧师"帮忙。这是男人大显身手的时候,他们强壮的身姿在水田里穿梭——排田、挑秧、栽秧，得空还与女人打情骂俏，女人也不恼，脏话粗话一箩筐一箩筐地扔过来甩过去，田里不时爆发出笑声，这笑声似乎是一剂"摧累剂"，本来酸胀的腰和红肿的肩膀也不那么痛了，何况回家还有酒肉招待。

正所谓"男盼秧场，女盼坐床（坐月子）"。

我们六个人上午要拔完六板小秧，工作量还是蛮大的。我也领了一板小秧田，先看着张美林她们拔，然后模仿着做。李扣华边示范边说："两只手必须紧贴着地面，这样拔出来的秧苗才会整齐，拔的时候用食指中指交替着，这样拔起来能快些。"我的速度渐渐快起来，与张美林她们的距离渐渐缩小。体力劳动与脑力劳动最大的区别是可以解放嘴，手不闲嘴也不闲。适应了后，大家开始说话。

我问："最近大家有没有看到什么好书啊？"

张美林说："倒忘了分享。张继明老师最近买了一本《收获》，上面有一篇文章挺好，叫《人生》，是作家路遥写的，也是路遥的成名作，这篇小说获 1981 到 1982 年全国优秀中篇小说奖，真的很不错的，我和许老师都看过了。"

我有点迫不及待，但现在身在秧田，没办法。心里有点失落。张美玲看了我一眼，说："怎么样，想看吗？"

"当然，"我说，"恨不得现在就看呢。"

张美林说："要不这样，我和许老师讲给你们听吧，"她转过头去，"老许，你是语文老师，你先讲，我回头补充。"那边许老师也不推辞，看了看大家期许的目光，滔滔不绝地讲起来。

《人生》这部小说，主要讲我国改革时期陕北高原一个叫高加林的高中毕业生回到家乡又离开家乡，再回到家乡这样的一个人生变化过程。高加林因为高考落榜，回到村里一所小学做了一名民办教师，他很喜欢这个能体现自己人生价值的职业，但不久他就被大队书记的儿子挤掉，回村做了庄稼人。后来大队书记得知高加林的叔叔要来本地当劳动局局长，托人把高加林安排到县城工作，不料被人举报走后门，又被单位辞退，最后又重新回到家乡做了庄稼人。"

"后面的内容我来说，"张美林接过话题，继续说，"高加林先后遇到了两个恋人，第一个叫刘巧珍，高加林第一次回到乡下时，遇到了村里的姑娘刘巧珍，刘巧珍没文化，但是人很善良，也很能干，她不嫌弃高加林的落魄，给了高加林安慰和鼓励，大胆向高加林表白，高加林终于接受了不平的人生遭遇，也接受了刘巧珍热烈的爱情。高加林的第二个恋人叫黄亚萍，是他的高中同学，亚萍前男友的母亲不甘心自己的儿子被亚萍抛弃，得知高加林的背景后，果断检举，被检举的高加林遭单位辞退，又回到了黄土地……"接着，许老师又补充了一些细节，诸如高加林刷牙，巧珍感到稀奇，因为她从来都没刷过牙，为了高加林，她不顾别人的嘲笑也坚持刷牙；诸如高加林卖馍，黄亚萍与巧珍截然不同的态度……我们听得如痴如醉。

"呀，蚂蟥！"我突然指着严桂平的腿大叫，大家的目光都集中到了严桂平的腿上，只见一条蚂蟥头已进入，只露尻尾，做奋力挣扎状。严桂平吓得大叫，李扣华说别动别动，她上去在蚂蟥旁边用力拍，"啪啪啪，啪啪啪"，严桂平龇牙咧嘴直喊疼，过了一会儿，蚂蟥居然出来了，大家都松了口气，继续刚才的话题。

"那个亚萍真卑鄙，竟然做了个第三者！明明知道高加林有恋人，还要横刀夺爱，真不道德。"严桂平愤愤地说。

"我认为卑鄙的应该是高加林：一，他只会替自己考虑，落魄时享受着刘巧珍的安慰，得意时就把刘巧珍一脚踢开；二，他跟亚萍好完全是为了利用她。高加林最终又回到了黄土地，是他咎由自取，自食其果，我不同情他。"说完这段话，我的脸因激动而涨得通红。

"可是，高加林有错吗？当年在黄土高坡，他认为刘巧珍是自己最好的伴侣，可是到了城里，他又认为亚萍是自己最好的伴侣。人活在这样的社会上，所有的奋斗不就是让自己活得更好吗？"张桂艳说。

"其实，我认为，路遥写这篇东西，目的就是为了反映那个时代城乡差别有多大，从这个意义上说，高加林的悲剧是自身的悲剧，更是时代的悲剧。"许婉林说。

大家说着话，干着活，不知不觉，一板小秧苗已快拔尽。我直起腰回过头来，看看身后的秧把，兵马俑似的排列着，威武得很，便扭了一下腰，心中漫过一丝自豪。

那两年，我们学校读书氛围相当浓厚，那个叫张继明的老师一直教着高年级的语文，自己订了《收获》《钟山》《人民文学》等刊物，也经常把自己看过的书带到学校与我们分享，我在床头台灯下看过李存葆的《高山下的花环》，在雨天午后的办公桌前看过王蒙的《青春万岁》，在外出学习的间隙读过《芙蓉镇》，而只有《人生》的阅读经历，特殊而令我难忘。

第二辑　且行且吟

雨中游苏堤

　　三八妇女节前夕，我们去了一趟人间天堂——杭州。按计划第二天早上去西湖，不想那天早上，细雨蒙蒙，不禁想起了昨天晚饭时导游小姐的话：晴湖不如夜湖，夜湖不如雨湖，而雨湖又不如雾湖。心中暗暗庆幸：今天我们运气真好。

　　苏堤是我们西湖之行的第一个景点，在入口处，同事的小女儿指着石碑上的"苏 di"二字叫道："妈妈，这个 di 字是错的！"导游小姐笑着向我们做了介绍。原来"苏堤"的"di"是康熙故意写的错别字，他故意把"堤"写成了耳字旁，他认为苏堤的景色不仅要用眼看而且要用耳听。后来我们查了字典才知道，其实这是旧体写法，与土字旁的"堤"相通。

　　徜徉在平坦的苏堤上，湖光胜景如图画般展开，放眼望去，雨雾中的苏堤如一名美女，轻裹白纱，美目流盼，风情万种，令人流连。低垂拂水、枝头泛绿的杨柳，刚刚吐苞的桃花，无不向人暗示着正在悄悄酝酿着的春事。虽然是春寒料峭，细雨空蒙，但游人如织，伛偻提携，游兴盎然。我与万小琴共打一把细花布伞，紧随导游，一边观景，一边听着解说。苏堤是一条贯穿西湖南北的林荫大堤，"苏堤春晓"居西湖十景之首，与它相对应的另一景为"平湖秋月"，景名成对，后人称为"春秋对"。苏堤南起南屏山麓，北到栖霞岭下，全长近三公里。传说苏东坡一次乘船来到南山，听见一阵清脆的歌声从一只小船上飞出："南山女，北山男，年龄大过二十三。两情相慕难诉说，牛郎织女把堤盼。"苏东坡听了，哈哈大笑道："唱得好，唱得好，南山女，北山男，让我在湖上筑一条长堤，成全你们的好姻缘吧！"于是取湖泥葑草堆筑而成，又在长堤两边种上桃树和柳树，一来保护堤岸，二来春天桃红柳绿，为西湖添一美景。春日之晨，苏堤上烟柳笼纱，翠浪翻空，碧桃吐艳，几声莺啼，报道苏堤春早。明代张宁《苏堤春晓》诗道："杨柳满长堤，花明路不迷。画船人未起，侧枕听莺啼。""苏堤春晓"就此而得名。

应该说，苏堤不仅沟通了西湖南北的交通，方便了市民，而且丰富了西湖水面的景观层次，把西湖分成了东西两个湖区。东面湖区，是西湖最大的一部分湖面，称为"外西湖"。因为有雨雾，所以，湖对面的雷峰塔和湖中三岛如同仙境一般缥缈；西面湖区，称为"小南湖"，是西湖最小的一部分湖面。一大一小，打破平衡。苏堤两边的湖水不深，导游说，就一米五左右吧，可它连着钱塘江，是活水，哦，怪不得湖水那么清澈！湖面很开阔，波光粼粼，游船荡漾，还有小鸟，从天空箭一般地冲下来，翅膀掠过湖水，又箭一般地飞到岸边的树上去了。水边有形状各异的大石头，或卧，或立，长长的柳枝如同女人披着的秀发，树下还有供游人休息的木制座椅和凉亭。座椅上都是水，凉亭里有不少人在诵经，男女老少，叽叽咕咕，如果是晴天，他们一定是在草地上，抑或河边的石头上吧，我想。

"松鼠！松鼠！"有人大叫。抬头朝人们手指的地方望去，果见两只小松鼠从一边的树枝窜到另一边的树枝上去了。它们的尾巴因沾水而耷拉着，模样少了些许可爱。见有人吆喝，它们张望了一下，不慌不忙地从树上爬下，快速地钻到灌木丛中谈情说爱去了。

　　堤上还建有六座单孔石拱桥，自南向北依次名为映波、锁澜、望山、压堤、东浦和跨虹。其中我印象最深的是第四座桥 —— 压堤桥。"压"字在这儿有使其稳定、平静的含义。压堤桥约居苏堤南北的黄金分割位，旧时又是湖船东来西去的水道通行口，桥名蕴含着人们的希望。漫步在压堤桥上，忽然想起在流传至今的爱情题材的西湖竹枝词中，就有一首是用压堤桥起兴的："茅家埠头芳草平，第四压堤桥影横，桥外飞花似郎意，桥边深水似侬情。"呵呵，压堤桥可以看作断桥之后的又一座情人桥了。

　　站在苏堤的第六座桥跨虹桥上，我回望了一下来路，发现雨中的苏堤犹如仙境，苏堤之行让我们了解了杭州深厚的文化底蕴，记住了一代名仕苏东坡，是我不多的旅行中最轻松的一次，忽然涌上一种意犹未尽之感。导游说，苏堤两旁花草树木种类繁多，除柳树与核桃树外，还有芙蓉、桂花、玉兰、夹竹桃、樱花等名贵花木，更为特别的是，每隔一定间距就有一株杨柳或一株桃树，所以苏堤有"西湖景致六吊桥，夹株杨柳夹株桃"的说法。我想再过十天半月，这里就应该春深似海了吧！

静默庆元街

从小栗咖啡馆出来，正值春风习习，暖阳脉脉，于是想走走久违的庆元街。

庆元街的历史，可以上溯至南唐。南唐划海陵南境五乡置济川镇，直隶泰州，这时，庆元古街的雏形已经形成。到了北宋乾德二年，由于县治所在地济川镇坍江，县治由济川镇迁柴墟。南宋建炎四年，因战争影响，泰州州府一度迁驻柴墟，彼时的柴墟既是县治驻地，又是州治治所，古镇规模得到了相应发展。宋宁宗庆元年间，柴墟镇对柴墟河的街道进行了大规模的整治，古街道正式以年号"庆元"命名，于是有了庆元桥、庆元巷、庆元街等。如今的庆元街位于高港城区西南方，楼景珍稀别致，水景秀丽灵动，现为国家 4A 级旅游景区。

眼前是庆元广场，麻石铺就的广场中间有岳飞雕塑，只见他头戴缨帽，身披铠甲，手提沥泉神枪，威风凛凛，气宇轩昂。那马高抬前蹄，腾空欲飞。这表现的是宋建炎四年，岳飞"还守通泰"时南坝桥抗金大捷的史实。南壩桥位于南壩塘的济川河上，距离柴墟城北 14 华里，由于地形复杂而成天然的战场。岳飞面对强敌，审时度势，机智灵活，利用有利地形巧布迷魂阵，然后各个击破。岳飞又召集部将逐个立下军令状，自己纵马横枪，统揽全局。

结果是南壩桥东西大营被岳家军横扫，负隅顽抗者皆成了刀下之鬼。南壩桥之战后，岳飞退保柴墟。南壩桥之战是岳家军抗金史上的光辉一页，这段历史在宋史和地方志中多有记载。柴墟人民为纪念岳飞，于明洪武九年捐资在柴墟东郊建岳王庙，庙里香火旺盛，数百年奉祀不衰。每每走过这里，我脑海里总会浮现出当年岳飞驰骋疆场、挥枪抗金那惊心动魄的场面，自豪、钦佩、鼓舞总会从心底油然而生，再从温热的眼眸荡漾开去而变成久久的驻足和凝视。

雕塑的正南方是庆元拱桥，巨人般横跨在柴墟河上。听长辈讲，当年的柴墟河畔，商贾云集，热闹非凡。特别是元宵端午，看灯的看龙舟的把庆元街上和柴墟河边挤得水泄不通，卖花生卖豆角卖棉花糖的，卖枇杷卖马蹄卖冰糖莲藕的，一时间生意爆棚。如今，原来的岸边建筑早已不见，唯拱桥一座，似乎在默默向人们诉说着当年的繁华。

那正对着庆元广场的是"孙氏四方楼"。为晚清建筑，坐西朝东，南北长约 10 米，东西宽约 16 米。整个建筑群由两进七柱带廊小楼组成。天井用青石板铺成，天井四周的柱子上皆有木雕小花篮，檐下木雕有渔、樵、耕、读和福、禄、寿三星等人物图案以及狮子、凤凰、麒麟等动物图案，还有福、禄、吉、祥文字和梅、兰、竹、菊花卉图案。雕镂精美，寓意吉祥。楼主人孙氏者，口岸中学和刁铺中学创始人孙公甫也。孙公虽是富家子弟，却没纨绔习气，乐于传道授业解惑。孙公教学功底深厚，深入浅出，能用巧妙的方法化解学生的疑难。孙公用毕生精力造福乡梓，他为地方教育作出的杰出贡献永远为口岸人民铭记，"桃李不言，下自成蹊"。2010 年，孙氏四方楼被泰州市列为市级文物保护单位，并进行修缮。现为"国学文化启蒙馆"，内设私塾馆、中华蒙学、中华民俗、中华百科知识展等，该馆重点展示的是国学文化知识和传统私学发展的历史沿革，用来弘扬国学文化和我们高港地区尊师重教的良好传统风尚。

从庆元街向西步行不到一百米，便是戚世光宅第。戚世光，柴墟人，自幼习武，成年后身材魁伟，举止有威，且十八般兵器样样精通。明天启二年，戚世光赴京参加武科会试，一路过关斩将，高中武科进士，官至镇淮参戎（明武官参将）等职。此宅乃戚公高中武进士后所建。进士第中最特别之处，是厅堂香椅上方匾额两旁的两只圣旨宝盒，宝盒呈长方形，正面竖刻"圣旨诰命"，两旁是云龙图案。戚世光宅第如今已是中华武进士馆。戚公任职期间受过皇封两次，在应试教育还有生命力的家乡，他无疑是家乡人心中的明星。

再向西穿过几家酒楼和首饰店，便是"一步两庙"——坐北朝南的财神庙和城隍庙，两庙仅一拱门之隔，与这两庙隔路相对的是坐南朝北的关帝庙。每逢初一十五，香客络绎不绝，香烟丝丝缕缕，人们祈盼风调雨顺，国泰民安，又是小街一景。

就这样走走看看，看看走走，不觉已是暮野四合，华灯初上。回望那雕塑、那桥、那楼、那房，一切都在微凉的空气中静默着。斗转星移，沧海桑田，记忆蒙尘，止于唇齿，而只有这些承载着厚重历史的无声物象，默默昭示着古柴墟的繁华，温暖着后人的记忆，激发着我们的生活热情，鼓舞着我们不断改革创新的勇气。

静默庆元街，让我找到了奋斗的底气。

春江踏月

在堂姐家吃完寿宴，才八点多。姐夫说，我送送你们吧，顺便带你们看看新永安。

从堂姐家出来，姐夫特意在社区绕了一圈，领我们看了社区的健身场、篮球场、图书室和中老年人乐队。姐夫告诉我们，2011年该区被评为省社会主义新农村建设先进村。连续两年获得区新农村建设工作先进乡镇一等奖，并通过了"生态文明村""小康达标村""卫生村"的验收。姐夫一一介绍着，骄傲之情溢于言表。走在宽宽的水泥道上，整洁的住宅，闲适的居民不时从窗外闪过，清澈而蜿蜒的小河，小巧玲珑的石桥，河岸大片大片的菜花，相间的柳树和红叶石楠，仿佛到了扬州的十里长堤，又好像到了陶渊明的世外桃源。

车子慢慢驶进了街中心，鳞次栉比的高楼和璀璨的灯光从眼前一一闪过，姐夫边走边说：

看，邻里中心，这是永安政府全力打造的泰州地区规模最大的便民服务项目；

看，刚建的扬子江药业龙凤堂，是中药产业园区。有全国最先进的智能化生产体系，投资近五十亿元呢；

喏，那是泰州大桥！直通镇江扬中，六十几公里长，六车道，听说总投资九十几个亿呢。

极目看去，那桥身如同一道虹横跨在长江上，闪烁在天际间，蔚为壮观。

正当我们意犹未尽，姐夫忽然说，下车了。看我们一脸诧异，姐夫笑道，这是永安洲春江生态湿地公园——春江花月夜景区。白天没时间来，但晚上的景色会更好。

我们从西门进去，姐夫开始考我："知道这景区名称的来源吗？""莫非源于唐朝诗人张若虚的著名诗篇《春江花月夜》？"姐夫赞道："不愧是语文大师啊！但是你们不知道，据说，张若虚的《春江花月夜》就是在这里写的。"说话间我们已来到健康步道，乖乖，这道上全铺的是彩色塑胶，人走在上面弹性十足，有运动的欲望。如水的月光洒在跑道上，洒在晚练的人们身上，恍如仙境。姐夫说，你们要是白天来，还可以带孩子去青少年体能训练区、儿童游乐区、笼式球场区，孩子们在那里可以找到属于自己的快乐。

迎面是一座拱桥，通体白色，不大，但很精美。人站桥上，仰观星光灼灼，俯听流水潺潺，无比快意。姐夫说，这种拱桥园区里有很多，因为园里湖泊多，湖泊总面积三四万平方米呢，这是湿地公园的一大特征。

一路走来，我们仿佛置身于花的海洋，树的世界。那些不知名的小花，红的、黄的、白的、紫的，在皎洁的月光下闪烁着迷人的光彩，随着夜风摇动着动人的身姿，令人陶醉。姐夫问，大家觉得园里哪种植物最多？这可把大家问住了，见我们疑惑，姐夫道，是竹子。为什么呢？见我们面面相觑，姐夫说，记得我以前是做什么的吗？堂弟脱口而出，竹篾匠呗！对，我们永安人以前主要靠养猪和做竹器养家糊口，那时永安的老百姓哪个家前屋后没有一片竹林呢，但随着沿江开发和城镇化建设的推进，保留下来的竹园已经越来越少了，为了记住乡愁，景区策划者可费尽了心思，他们在园区内共栽种了一百零八种竹子，种类之全，数量之多，泰州少见啊！

"啊，春江潮水连海平，海上明月共潮生。"我望着一轮升起的明月，情不自禁地朗诵起来，没想到我只起了头，有几个人便跟上了：

> 滟滟随波千万里，何处春江无月明！
> 江流宛转绕芳甸，月照花林皆似霰。
> 空里流霜不觉飞，汀上白沙看不见。
> ……

见我们已深深陶醉，姐夫说，如今，我们永安像春江花月夜这样的景区很多，滨江生态湿地啦，海军文化公园啦，大桥风光带啦，如果你们秋天来的话，我带你们看原生态芦苇荡，就是古柴墟十景之一的"芦岸桃花"。我的眼前忽然展现出一幅神奇的图画：浩瀚的长江边，蒹葭苍苍，站在船上往芦花水岸看过去，只见一座新城犹如一颗耀眼的明珠，镶嵌于天地间，那里高楼林立，美轮美奂；街道上商铺云集，人流不绝，五光十色的霓虹勾勒出建筑物的雄伟轮廓，亦幻亦真；健身广场上优美的轻音乐正舞动着人们心里的青春；夕阳下的酒吧内，高脚酒杯倒映着优雅的指环；当星光与灯光连成一片时，宽阔的江边大道上，有依依的情侣，有唧唧的虫鸣。

这，是永安的明天！

去落雁塘

下午正在看 QQ 空间，一个抖动的窗口飘然而至，是李灵。李灵是我上届的弟子，今年上初二，细高个，很阳光，印象最深的是她的那副牙套，一笑，会很夸张地展示给你。上了初二的李灵跟我竟成了好友，不但要去了我的电话号码和微信，还经常来找我，会黏人。在微信上见了我，不管我忙不忙，总是滔滔不绝，学校里的事、家里的事，一股脑全倒给我，这不又来了："刚到家。""跟妈妈去赶集了。""没意思哦。"我突然想起落雁塘，就问，去落雁塘看看，好吗？她欣然答应。我用电话联系了一下周生，没想到周生也在家，我约他在他家门口等我，二十分钟后见。

听说落雁塘，还是那次看了周生的作文，对他笔下的落雁塘很感兴趣，一直想找个机会去看看。因此叫他留了电话，他怕我难找，又给我画了个草图。我在约定的地方见到了李灵，带她去了周生家，因为周生家就离落雁塘不远，找到周生就找到了落雁塘。大路两边黄黄的菜花夹在绿绿的麦苗之间，很是养眼，路边河里有人在用网"趟螺螺"，河底铺满了水草，不时看到人家屋前绽放的桃花，不禁想起了老家，一种亲切感油然而生。到了草图上的第三个十字路口时，我们没了主意，因为刚刚拆迁，这里的路已经断了，没办法，只好打电话给周生，没人接，估计周生已经到了门外。

李灵说，管香认识周生家，又打电话给管香，叫管香带着我们到了周生家，叫门，没人，我朝四周张望，两百米外有个小小的人也在朝我们这边张望，我想那可能就是周生了，过去一看，果然是他。他见了我们很腼腆地笑笑，就骑着自行车前面走，我们在后面跟着，管香有事先回家了。

我们很快就到了落雁塘，大家把车停在景区门外。落雁塘在风景区里，是这个风景区的中心。我们直接奔塘而去。穿过一片草坪，落雁塘便展现在眼前。落雁塘大致呈 T 形，面积约一个足球场大，塘中间有一个小岛，上面有几个大雁造型的雕塑，还有一张用渔网做的扬起的帆，水边堤岸都用石头垒就，高高低低，曲曲弯弯，很有韵味。塘边是鹅卵石铺成的羊肠小道，近水处有好多木制的露天亭台，有不少人在垂钓，老公钓，老婆陪，孩子钓，妈妈陪，都静悄悄的，是怕惊动游鱼吗？一定是的，我想。明亮的阳光，清新的空气，明净的水面，青青的杨柳，悠闲的渔人，哦哦，物我两忘的境界，美得令人陶醉！我们围塘转了一圈，找了几个不错的景点留影，然后到塘边看碑，碑是平放着的，黑色碑身，红色的隶书字：

落雁塘

此处为古柴墟落雁塘旧址。

明武宗正德年间，宦官刘瑾弄权，本邑乡贤薛寿昕（1454—1503）不愿与奸佞为伍，辞官归田，闲暇间迷于垂钓。一日，偶见雁字凌空，盘旋往复，又次第降于柳岸河塘，留宿于芦苇丛中，当即赋诗一首《垂钓近晚偶见雁落荷塘》：秋晚柴墟景色新，金风送爽绮霞明，斜阳落雁俱自得，苇草蓼花皆有情。以志落雁塘畔景境之佳绝。

原来落雁塘还有这么一个美丽的故事，好一个不慕名利、洁身自好的薛寿昕！我立即想起了陶渊明，觉得这首《垂钓近晚偶见雁落荷塘》与陶渊明的《饮酒》有异曲同工之妙！

景区里有网球场，绿绿的草坪上还有刚开的粉色的玉兰花和黄黄的迎春花，桥两边嫩绿嫩绿的垂杨柳参差披拂，那迎着阳光的柳叶亮得逼人的眼。周生老是在我们前两丈远的地方，我们走，他也走，我们停，他就自个儿看看。李灵倒是在我身边兔子一样蹦蹦跳跳，不时嗅嗅路边的花，摸摸身边的树，叽叽喳喳地说着话："朱娇娇跟王佳佳吵架了，我去劝了几句，倒引起了她们的误会。早知不去了。""昨天跟妈妈去泰州了，这身衣服就是昨天买的，好看吗？"然后到我跟前转了个身，"周生，别走那么快，我都跟不上了。"

太阳西斜，阳光把树影子投到地下，鸟儿在树间飞来飞去，啾啾地叫着。忙碌了一天的几个园丁老婆婆上来问我时间，我回说五点，她们便谢了我，整理农具，骑上三轮车嘻嘻哈哈回家了，望着她们的背影，我忽然很羡慕她们，整天与花为伴，与树为友，与落雁塘为朋，春看花开，秋看叶落，生活小康，身体健康，人生在世，还有何求？我看看身边的李灵跟周生，再抬头看看太阳，觉得活着真好！

五点半到家后，陆续收到李灵和周生的报安电话，突然后悔没请他们吃点东西，但立即想到说了也是白说，他们不一定去，但他们一定会记住今天的行程，这就够了。

印象常熟

　　最初听到常熟这个地名是在街上的服装店，总觉得它跟做工毛糙的服装一样不上档次。第一次去常熟是因为想女儿。带上大包小包的零食，摇晃了近三个钟头，呕得黄疸都破了，迷迷糊糊中被邻座推醒：到了！张目四望，一片陌生，好在有嘴不怕迷路：请问司机同志，到××学院怎么走啊？"我就是那里的学生，但我今天不去学院，不过没事，我送你到站台！"是邻座。我跟在她后面，细细打量她，长发，格子迷你短裙，很阳光。她一边走一边跟我聊天：阿姨是第一次来常熟吧，常熟是个好地方，多玩几天，沙家浜、虞山，都值得一去的，还可以尝尝常熟的桂花酒和叫花子鸡，很不错的地方特产哦……说话时已到站台，她又送我上了去学院的5路车，告诉我终点站即到学院后，才跟男友回头走了。

　　女儿在学院门口向我招手，一个月不见，女儿清瘦了许多，但看得出来，精神很好。她接过我手上的包，兴奋地问家里的事情：爸爸怎么没来？家里的小白兔生了没？外婆身体好点没？突然为难地说，学校有规定，外人不得进宿舍。"你在外面等等，我把东西送进去就出来。"晚饭是在学校食堂吃的，女儿说，这里的火锅很好吃，于是我们各点了一份。晚饭后，女儿领我在学院里走了一圈，天上繁星点点，学校里依然灯光闪烁。虽然是周末，依然有不少学生从图书馆进进出出，行色匆匆。女儿一边走一边断断续续地向我讲述这一个月的生活。我感受到了女儿的充实和自豪，同时也很庆幸，把女儿送进这个高等学府，她应该在这样的集体中淘漉的。

第二天早上去学院食堂吃饭时已经八点，见学院门口有很多学生在等车，男男女女，都穿着校服，不像去逛街。见我疑惑，女儿解释道，是学生会组织学生到虞山风景区去义务拾垃圾。

按昨天的计划，今天去方塔街看看，顺便买点东西。车上人真多，但井然有序。到第二站上来一个老人，说老也不老，五六十岁吧，但一上车就有学生模样的站起来让座，而且，一路下来都是这样。不禁想起那年在N市乘车，车门一开，人和东西一起滚下来的情形。正在感慨，女儿说，这里的学生都有车上让座的习惯，给老人让座，给孕妇让座，给女士让座，给病人让座。方塔街顾名思义就是街旁有一座很高的方形木塔，很高，古色古香的，使这条街陡增了几分人文氛围。我们不久就到了步行街，因为是周末，游人如织，但街容很整洁，看不到垃圾。街中间的绿化带旁围着的栅栏很宽，可以供游人坐。从店门口经过，不时有男孩女孩站在店门口问候：欢迎光临！女儿悄悄告诉我，那些孩子大多是我们学校的学生，有在校的，也有毕业后留在这里工作的。

吃过午饭已是下午两点，女儿把我送到车上，随手塞给我一包东西："路上吃的，防止晕车，还有一包茶叶是给老爸的，到家打个电话告诉我，再见！"我不敢看女儿，因为怕她看见我就要溢出的泪水，便假装打哈欠。汽车徐徐开出了车站，我眼见女儿那单薄的身影渐渐变小变模糊，我的眼泪又来了。

回家的路上我一路无语，打开窗户，外边已是春色盎然：路边的蔷薇在碧绿的黄杨木的衬托下越发鲜艳，清澈的小河边杨柳依依，美丽如画，远处鳞次栉比的厂房、郁郁葱葱的绿化带无不在向人诉说着这个江南城市的文明。后来从网上得知，常熟位于长江三角洲，因"土壤膏沃，岁无水旱之灾"得名，而且山清水秀，风景优美。1986 年被国务院确定为国家历史文化名城，是我国重要的交通枢纽和工商业城市，也是世界著名旅游城市。

　　哦，常熟，是你用丰厚的人文底蕴滋润了这些学子，也是这些学子点亮了你的青春！

甜甜的吐鲁番葡萄

7月17日早上，我们在北屯下了火车，在饭店里吃完早餐，便坐汽车去心仪已久的吐鲁番。

小时候看《西游记》就知道了吐鲁番。长大后又见地理书上说吐鲁番是一个盆地，是全国最热的地方，素有"火洲"之称，气温的历史最高纪录曾达到53摄氏度，平均为38摄氏度以上。在吐鲁番，气温40摄氏度是家常便饭。据说只要把一整颗蛋放在路面上，一会儿蛋就熟了。我在长江中下游生活惯了，40摄氏度是个什么概念，还真的不知道。

坐在车上隔窗远望，路两边山头已与先前所见迥异：一片光秃秃的，偶见路边一小丛发黄的草，问之，答曰骆驼草，一种自然生长的耐旱植物。记得火车刚进入新疆时，我见过这草，在戈壁滩上，一丛一丛的。眼前的植被也很少见，沿路有几处是杏苗和红柳，听说过红柳，据说用它烤出来的羊肉特别香。山脚下漫山遍野的风力发电机，白色的，正缓缓转动着它宽大的风叶，很壮观。

一下汽车，一股热浪扑面而来，太阳也施展着浑身解数，表达着它的热情，周围似有无数个看不见的火球，热浪一阵接一阵。大家纷纷撑起遮阳伞，穿上防晒衣，导游看着大家这模样，问你们有没有带把盐。大家正愣着，导游说待会往身上一撒，就可以吃烤肉了。哈哈，大家乐了。有人说，还可以来点孜然。

因为火车晚点，所以导游说只能游几个重点景区了。我们要去的第一站是葡萄沟。葡萄沟，位于新疆吐鲁番市区东北11公里处，南北长约8公里，东西宽约2公里，是火焰山下的一处峡谷，。因盛产葡萄而得名，是新疆吐鲁番市的旅游胜地。2007年5月8日，吐鲁番市正式获批为国家5A级旅游景区。在路上，我们看见一种很特殊的建筑，有的在旷野，有的在房顶，用土块或砖块砌成有花孔的方形房子，导游说，这是晾晒葡萄干的地方，叫荫房。

我们先游览了葡萄沟景区。但见比比皆是浓荫遮地的原生树木，有一条鹅卵石河床的叫布依鲁克大河，天山上融化了的清亮的雪水奔腾着绕村而过，哗哗的水声老远就能听见，让人顿生凉意。整个村庄道路宽敞，路面整洁，民居依山傍水，堪比世外桃源。最精彩的是两个葡萄架长廊，拱圆形，各百十来米长，上面结满密密麻麻的葡萄，如同两座宽阔的天然凉棚，给炎热的夏天带来一股凉爽。葡萄一串串的，绿莹莹、圆溜溜，如珍珠，似玛瑙，诱人！凝望的时候，仰头的时候，环顾的时候，唯见葡萄，甚至低下头来，地上也印满了葡萄的影子。可惜我们去的不是时候，葡萄还没有成熟，只能望之兴叹，导游似乎理解大家的心思，带我们去了一个维吾尔族人家。

在一个露天的大院子里，一位身着民族盛装的维吾尔族姑娘接待了我们。她微笑着请我们坐在一张大炕上，端上香甜的哈密瓜，自我介绍说自己叫"阿瓦古丽"，后教了我们简单的维吾尔族语：你好——亚克西木塞丝；再见——厚西。然后问我们，知道吐鲁番为什么盛产葡萄吗？这个我们当然答不出来，听了姑娘的解说才知道原来有个故事。传说唐僧师徒西游到吐鲁番吃葡萄时，把葡萄籽吐在这里，后来葡萄便开枝散叶。然后她用新疆口音的普通话给我们讲了葡萄的种植：冬天把葡萄藤从架子上拉下来，像姑娘的辫子一样盘起，埋在土里；第二年春天再拉出来搭在架子上，三月开花，九月就能吃到葡萄了。吃不完的葡萄要么酿酒，要么挂在荫房，三十五到四十天成葡萄干．每天果农会去荫房打扫，中途落下的果子自己吃，一直挂在架上的葡萄干叫"吊死干"，是葡萄干中的上品。正常情况下，十公斤葡萄可以晒一公斤葡萄干。我们只知道葡萄干好吃，却不知道它的来历如此复杂！姑娘又教我们吃葡萄要吃葡萄皮和葡萄籽，说维吾尔族人长寿的多，他们既吃葡萄皮又吃葡萄核，因为葡萄核和皮含花青素，可以抗氧化，是天然的美容和养生上品。我想这是真的，我就曾在网上看过一个统计，全国长寿老人前十名中，就有五位来自新疆。

姑娘又教我们跳新疆舞，男士两手打响指：上打，我有房；平打，我有钱；下打，我有车；然后单膝跪地，右手拇指指自己心脏——嫁给我吧！女士这样跳：手这边推开一串葡萄，那边推开一串葡萄；然后扭脖子，往这边，妈妈不同意，往那边，爸爸不同意，正中，我也不同意。我们乐得哈哈大笑。然后，我们品尝了他们自家晾制的葡萄干。姑娘又不失时机地解释新疆瓜果特别甜的原因，新疆地处我国西北内陆地区，冬冷夏热，降水量少，气候非常干燥；晴天多，日照充足。白天温度高，可以加强农作物的光合作用，有利养分的积累。夜间温度低，农作物的呼吸作用减弱．减少了养分的消耗。因此，瓜果、蔬菜长得特别大也特别甜。

姑娘又给我们讲维吾尔族的民俗，吐鲁番百分之九十七的人口都是维吾尔族人，维吾尔族有十八怪，比如"男人爱把绿帽戴"，因为绿色象征生命，只有德高望重人的才有资格戴绿帽；比如"铁床摆在大门外"，放在树下，便于休息，刚才路过的葡萄长廊边就有几张铁床，很大，欧洲铁艺，上铺印有民族风格图案的羊毛垫子，五彩缤纷，煞是好看；再有"裙子穿在裤子外"，《古兰经》说发肤受之于父母，不能随便露在外面，所以维吾尔族女人有用纱巾遮脸的习惯……姑娘还告诉我们，他们这里除了种水果，家家都办起了旅游业，由于政府的支持，每天都有很多游客，政府带给了他们游客，也带给了他们财富，更带给了他们幸福和希望。临走前，我们都买了姑娘家的葡萄干。

　　中午的自助餐很丰盛，葡萄、甜瓜、小白杏等各种各样的水果，拉面、油炸小饼、奶酪等各种各样的新疆美食，还吃了现烤的羔羊肉：一只烤好的羊挂在那里，想吃哪里割哪里。我们还欣赏了精彩的歌舞："引来了雪水把它浇灌，搭起了藤架让阳光照耀，吐鲁番的葡萄熟了，阿那尔罕的心儿醉了……"优美的旋律一直在已踏上归途的我耳旁回响。

　　下午参观完坎儿井，我们便登上了回程的汽车。一上车我便迫不及待地打开包装，撮起几颗葡萄干，啊，真甜！

二号家庭

　　快到千岛湖时，导游把车上的乘客分了组，每组十个人，共有五个小组，导游说，就称五个家庭吧，这样亲切些。我和姐姐分在了二号家庭，我正纳闷着，导游你咋不报一下二号家庭的人名呢？导游似乎看出了我的心思，说，待会儿吃饭时大家就都认识了。

　　因为下午要游览"瑶琳仙境"，所以午饭就安排在离这个景点不远的饭店。我们赶到二号桌时，见已经坐了好几位，最后来的是一对父女。菜还没上，一个六十多岁的男子先做了自我介绍，说自己姓王，姜堰的，右边坐的这位是他的好朋友，他们在一起做生意。我忍不住看向他，只见他面相和蔼，非常健谈。可能是受了他的影响，他左边的男士接着说，我们是口岸的，又指指自己旁边的女士说，这是我老婆。被叫作老婆的女士也年逾花甲了吧，她朝大家笑笑，似乎表示打招呼。姐姐突然问自称口岸人的男士，你认识金峰吗？回说认识，我是金峰的表哥。姐姐说，金峰是我邻居，早年没拆迁时我见过你去他们家。金峰的这个表哥其实我早就见过，而且我们家姊妹五个一提到他就会笑，因为他无论是脸型还是身材都太像我的小舅舅了。"我来（我们）是刁铺的。"我旁边的一位女士说，她话中的"我来"可能还代表了她身边的男士，因为男士看着大家笑着点了点头。姜堰

060

的男士看着我和姐姐问，你们是姐妹两个吧，我们笑着点头，他看了一下他身边的朋友，很自豪地说："我这眼力还可以吧！"刁铺的女士看着那对父女说；"你来（你们）怕的是泰兴的，我看你来是从泰兴上的车。这是你爸爸吗？多大啦？"泰兴女士抬头看看大家说："是的，我交（我们）是泰兴的，这是我爸爸，今年八十一了。"哦，不简单，不简单！大家纷纷赞叹。说话的当儿，菜已上齐，大家肚子早饿了，一起埋头干饭。饭吃得很文雅，泰兴女儿不断往父亲碗里夹菜，间或用纸巾擦去父亲嘴角的米粒。

"瑶琳仙境"位于浙江省桐庐县境内，是华东沿海中部喀斯特地貌的典型代表，是当地有名的钟乳石山洞，洞内有造型各异的石笋和钟乳石，它们在彩色灯光映照下呈现出神奇的姿态，比如"银河飞瀑""擎天玉柱""三十三重天"和"瑶琳玉峰"等，特别漂亮。但里面纵深一公里，逼仄的石阶上来下去，下去上来，而且光线昏暗，很不好走，我们走得浑身冒汗，把羽绒服脱掉，依然走得很慢。姐姐心脏做过手术，尽管来前我特地买了救心丸，但洞内人多，空气稀薄，我还是不断地叮嘱她慢点慢点。就要到出口时，前面堵住了，原来是一个妇女晕倒了，110的同志正把她抬上担架艰难地往前走。

晚饭安排在一个山脚下的民宿区，这个民宿区有五排建筑，结构都差不多，一楼是饭店，二至四楼是旅馆，都是用来招待远道而来的客人的。我们到了餐桌旁时，姜堰哥已经在小酌了，见我们来立即说，我们没有吃桌上的冷菜，我们吃的是自带的。大家都笑了，刁铺的奶奶说，吃了也不要紧，人就"该"了一个肚子。吃饭时我问泰兴的那位老人有没有去"瑶琳仙境"，回说去的，整桌人都向他投去钦佩的目光。老人的女儿告诉我们，爸爸平时在家坚持锻炼，身体一直很好，否则不会带他出来的。我想起了我父亲，母亲去世时父亲也是八十一岁，我只带他去了一次兴化看油菜花，因为我工作家庭实在太忙，如今有空了，但父亲已经九十五岁，哪儿也去不了了，在他回忆的长河里，美景这一块是何其的苍白！晚饭快结束时导游把住处的地址报了一下，说马上有人来接，不一会儿就来了一个小伙，导游叫我们跟这小伙走。

我们二号家庭被安排在同一家旅馆住宿，是民宿8号，最前一排，一会儿就到了，我们把二楼让给了那对年纪大的泰兴父女。上了三楼，放好行李，先烧水，有人敲门，我开门一看，原来是金峰的表哥表嫂，他们问我们要不要出去走走，正合我意，于是我们来到楼下，绕着民宿区转。先逛了东南角的超市，超市确实大，啥都有，刁铺的奶奶边走边不断说这个贵了、那个便宜了。我说，你也是开超市的？刁铺爷爷说，哪是的哟，我们是伙头军师，陪读的，陪孙子读书，给孙子做饭。老太婆天天买菜，哪的东西贵哪的东西便宜她了如指掌……孙子去年考取南大，我们正式退休，今年儿子媳妇给钱，叫我们出去玩，想去哪去哪，开心就好。在刁铺奶奶示意下我买了五斤苹果，分了一半给姐姐。姐姐人长得漂亮，嫁了个木讷姐夫，憋屈了半辈子，去年姐夫去世，姐姐成了孤家寡人，临来千岛湖前，姨侄女反复叮嘱我玩开心点，我懂她的意思。

老远就听到音乐声，似乎有人在那儿跳舞，金峰表哥说，走，去看看。我说有啥好看的，我们又不会跳，因为两位奶奶看上去也六十大几了，特别是金峰表嫂，做事似乎总是比别人慢一拍，看上去就是那种不会跳舞的人，谁知道金峰表哥指着夫人说，她会跳。表嫂说不跳不跳，又不认识人家，怪不好意思的。表哥说，锻炼哎，有什么不好意思的。然后告诉我们，她身体不好，癌症化疗刚结束，年轻时"挨搞"（受苦）的日子都过去了，如今退休工资高高的，不愁吃不愁穿，她却没福气享受，趁着天气不冷不热，带她出来散散心。刁铺奶奶说，你不说我们还真的看不出来，恢复得不错！表哥说，她心态好，还有就是跳舞锻炼，她会很多舞，单人舞双人舞都会。我突然有种被打脸的感觉，喃喃说着，看不出来，看不出来，真是人不可貌相啊！

千岛湖位于浙江省杭州市淳安县境内，是浙江省最著名的风景区之一，也是我们此行的主要目的地。千岛湖的景观特色可以概括为七个字，即"千岛、秀水、金腰带"。千岛湖的水天然透澈，能见度达12米，属国家一级水体，被赞誉为"天下第一秀水"，也是农夫山泉的主要取水地。坐在观光船上，那些卷起的浪花犹如一堆堆细盐、一堆堆白玉。千岛湖里包含了1078座岛屿，这些岛屿其实都是些山头，因为在千岛湖底至今还封存着两座1800年前的古城。由于时间关系，我们只游览了几座岛屿。梅峰岛是最大的岛屿，必须坐缆车上去，岛上有个很大的观光亭，上楼俯视，便见树影婆娑，岛屿静默，天高水清，美丽如画。岛上有烤鱼卖，我买了两条，与姐姐分享，味道确实不错。刁铺的爷爷奶奶也去看了看，又回了头，因为价格不菲，30元一条。但这又有什么呢？毕竟这纷繁的世界最能抚慰和治愈人心的永远是美食和美景呀，就这一点，值了。沿途给姜堰哥、泰兴父女、刁铺夫妻、表哥表嫂拍照，可惜只有表哥表嫂加了微信。

回家途中，大家你一言我一语，谈兴正浓，早已不是来时的模样，灯火阑珊中泰兴的先下了车，然后是口岸的、刁铺的，最后是姜堰的，大家依依不舍，挥手道别。

姨侄女在"传奇干锅"为我们接风，吃着热气腾腾的红烧土鸡，我跟姐姐悄悄约定，秋天到栖霞山看红叶去！

喀纳斯之行

　　早上七点，火车到达北屯，早餐后，我们乘汽车直奔喀纳斯。

　　对于喀纳斯，我向往已久，最初的印象来自二十世纪八九十年代媒体铺天盖地的关于湖怪的报道，虽然后来《东方时空》曾专门报道过所谓湖怪的真相，但心里一直神往之。

　　喀纳斯位于新疆阿尔泰山中段，与哈萨克斯坦、俄罗斯、蒙古接壤，为中国深水湖之一。相传很久以前，成吉思汗西征，途径一方湖泊，他喝了湖水，觉得特别解渴，就问手下这是什么水。有一位聪明的将领答道："这是喀纳乌斯（蒙古语是"可汗之水"的意思）。"成吉思汗说："那就把这个湖叫作喀纳乌斯。"于是，此山即被命名为"喀纳斯山"，而此湖就被命名为"喀纳斯湖"了。

　　汽车在盘山公路上奔驰，不时地转过触目惊心的U形弯，这里一边是峭壁，一边是悬崖，在平原地区生活久了的我一直提着心、吊着胆。好在眼前景色越来越美，一会儿坡度平缓，山尖圆润，牧草像一块巨大的绿色被单，从山顶铺下来，上面土肥草茂，牛羊成群，星星点点的毡房点缀其间，美丽如画；一会儿崇山峻岭，溪流潺潺，高大的松树耸立其间，这里的松树主要是西伯利亚的落叶松，就是我们经常看到的圣诞树，叶子呈一个个小圆柱体，树型呈宝塔状，非常优美，让人仿佛置身于优美的童话世界。

喀纳斯景点较多，可由于时间关系，有的景点我们只能坐在车上一经而过，比如卧龙湾。卧龙湾因河里有一片植被形似侧卧着的龙而得名，从窗玻璃往下看，河水清澄，两边山坡上绿植茂盛，有不少游人流连河边，拍照，嬉水。而月亮湾顾名思义，河床形似月亮，弯弯地躺在沟壑中，喀纳斯河床在这里形成几个由反"S"状河曲组成的半月牙河湾，我们经珍珠滩、鸭泽湖，然后去了慕名已久的图瓦村。

图瓦人一直居住在深山，原本过着与世隔绝的生活，一个偶然的机会被摄影师发现，才逐渐被世人所知。传说留在中国境内的图瓦人总数不到五千，被称为"大熊猫种族"。我们现在要去的就是曾被评为中国最美六大古镇古村之一的喀纳斯图瓦村。在图瓦人的"木刻楞"里我们品尝了奶茶、奶酪、油果、麦果，应我们之邀，图瓦人演唱了《鸿雁》："鸿雁，向南飞，飞过芦苇荡……"歌声浑厚悠扬，充满游牧民族的韵味，但给我印象最深的还是那个叫"胡耳"的乐器。

因为第二天还要游喀纳斯湖，为了节省时间，晚上我们住在离喀纳斯湖不远的一个叫"贾登峪"的林海山庄。"贾登峪"就是蒙古语"贾登住的地方"，它是布尔津县封山育林的示范基地，也是喀纳斯的门户，是通往喀纳斯湖景区的交通关口，如今已成为喀纳斯旅游接待和管理的大本营。

第二天早上六点我居然被冻醒，穿上小春为我准备的抓绒服，起来到门前溜达，跟服务员聊天。问他们七月的旅店为什么不装空调，她说他们每年十月下山，来年三月进山，不需要装。还自豪地告诉我，几个月的旅游旺季他们就能赚足一年的钱。六点的贾登峪，天已大亮，太阳从山坳里升上来，把七彩的光唰唰地洒在连绵的山坡上和山脚下开阔的草地上，远近牧草茵茵，野花烁烁，路边渠道里水流潺潺，牛羊哞哞咩咩地叫着在草地上撒着欢，令人不由得心情大好。

吃过自助餐后又坐上区间车去观鱼台。汽车爬了一半，耳朵听不清声音了。从窗户看下去，高山逶迤，牛羊遍地。山脚下开阔地上有成片的整齐的房屋，那是禾木村。因为有警车压车限速，我先前的紧张荡然无存，躺在椅背上玩手机，任车身摇摇晃晃，享受着美好的过程。

观鱼台是到喀纳斯旅游行程中最后的那个惊叹号，到观景台要爬1700多个木制台阶，我们商量了下，还是决定爬。那天山上有雾，景色朦胧，但依然游人如织，人们操着各地的方言，身着艳丽服装，呼朋引伴，兴高采烈。中途小憩时我看了一眼那梦中之湖，只见湖面上波平浪静，有几艘红红的小船，好像是皮划艇，在游弋，难道不怕湖怪？导游似乎猜出了大家的心思，说世界上根本没什么鬼怪，传说中的喀纳斯水怪实际上就是当地特产大红鱼（哲罗鲑），水怪只是当时生产力不发达情况下人们对自然的一种理解……耳闻加目见，终于信然。到达山顶，已气喘吁吁。站在观鱼台上放眼望去：群山静立，满目苍翠，脚下的喀纳斯湖宛如一条蓝色的飘带，她远离尘嚣，静若处子，薄纱遮面，楚楚动人。油彩般的绿！神话般的景！梦幻般的美！啊，蓝天，白云，雪山，绿草，蓝湖，这就是人们曾经津津乐道的喀纳斯湖！这就是我魂牵梦绕的喀纳斯湖！整日萦绕于心的柴米油盐、灵魂自省和不断地盘旋在心的世间的繁杂与浮躁被这山光水色涤荡一空。天高地大，万物泰然，我感到了自然的博大和人类的渺小。

大家又纷纷拍照留念。因为赶时间，我们不得不收目。

下山走北坡，北坡比较平缓，远处山峦如带，绿色逼眼，近处野花遍地，惊喜不断，无论是山上山下，随手一拍就是一张风景旖旎的明信片。

下午两点，我们返程。发动机的轰响为我两天的喀纳斯之行画上了一个完美的句号。

游凤栖湖畔寿胜寺

听说凤栖湖畔寿胜寺正式对游客开放了，我按捺不住激动的心情，在一个风和日丽的下午约上父亲、姐姐和两个弟弟组团前往。正是阳春三月，暖风和煦，草木竞发，绿化带里不时闪过一片一片白色的李花和粉色的海棠花，让人心情大好。在导航的帮助下，我们拐过宽阔的二环路，凤栖湖景区的标志性建筑——金色的罗汉塔便呈现在眼前。我们在停车场停好车，直奔寿胜寺。

听父亲讲，寿胜寺原名"十方庵"，始建于南北朝，到了唐代更名为"大殿寺"，据说岳飞任通泰镇抚使时曾到大殿寺祈祷，后"以精兵三千大败金兵于南壩桥，歼敌七千余人"，由此大殿寺名声大震，香火更加旺盛。南宋淳熙十年，恰逢宋高宗大寿，敕名大殿寺为"寿胜寺"。彼时的寿胜寺古朴宏伟，金碧辉煌，庄重典雅，名闻遐迩，不料 1945 年毁于战火。"烧了三天三夜呐！"父亲的语气里有可惜，有无奈。本着"以文化弘扬佛法，以教育培养人才，以慈善福利社会，以共修净化人心"的宗旨，2016 年高港区政府投资三个亿重建了寿胜寺。

眼前的寿胜寺承接凤栖湖轴线，坐北朝南，分西、中、东三路共七大区建筑。我们走过南面寺前宽阔的广场，穿过写有"寿胜寺"的高大的牌坊，进入中路礼佛区。礼佛区由南至北依次为山门殿、天王殿、大雄宝殿和藏经楼，很显然，这是礼佛仪式的核心区域。大雄宝殿是全寺的正殿，远看，高大巍峨，单层重檐，气势非凡；近观，雕梁画栋，富丽堂皇。导游告诉我们，大雄宝殿进深 33 米，开间 55 米，高 41 米，建筑面积 5230 平方米，是目前华东地区最大的佛寺大殿。从大雄宝殿出来，正值一阵清风吹过，我们隐隐听到了大雄宝殿腰檐挑角下的铜铃清越的声音。

在山门殿和天王殿之间的广场东西，我们看见了两层高的阁楼，晨钟暮鼓，西边是鼓楼，而东边则是钟楼。我们迫不及待地登上钟楼二楼，便见一大钟，青铜铸就，一人多高，周广需三人围合，钟体外刻"寿胜寺"三字，繁体，这便是我心心念念的"寿胜疏钟"。钟造型精美，古朴庄重，据说古时每每晨曦时分，寿胜寺僧众诵经之时，大厅内香烟缭绕，浑厚的钟声飘荡在古镇上空，激越深远，悠久回长，宛若仙境。古人云："寿胜钟声，如云雷奇古，绝也！""寿胜疏钟"因与"芦岸桃花""洲堤杨柳""新丰晓骑""古渡归帆""庆元返照""江阁惊涛""圌峰积雪"并称古柴墟八景，闻名遐迩。

绕过藏经楼，便是整座寿胜寺最亮眼的部分——罗汉塔，塔高 80.7 米，共九层，最宽处直径 30 多米，登塔内电梯而上，内有真人大小的罗汉塑像五百尊，听说为防止雷同，规定一个工匠只允许塑五尊罗汉。这些罗汉或凭或立，或喜或怒，形态各异，憨态可人。登楼近看，便见假山座座、绿植丛丛；远眺，则是民房似栉，麦田如茵，高速似带，美丽如画。远在扬州工作的弟弟指着不远处与寿胜寺隔路相望的徐庄村牌匾惊讶地说："这就是徐庄啊！"然后打开手机收藏向我们介绍：徐庄 2014 年新增农业经营性收入近 120 万元，居住生活环境有了新的改善。先后投入 980 万元，铺路、下水、装灯，全村路灯已达 210 盏；新改建封闭式垃圾房 30 座、水冲式公共厕所 2 座、清淤河道 8000 米、驳岸 5000 米，绿化 66700 平方米，新建健身广场 6 处、篮球场 1 个，被评为省三星级康居乡村、江苏省绿化示范村、江苏省生态村、江苏省水美乡村。我说："你先别惊讶，像徐庄这样的模范村咱大高港还不止一个，什么时候带你去看一下乔杨。"姐姐说："看过徐庄就别去乔杨了，去永安洲的海军诞生纪念基地吧，或者春江花月夜景区。"弟弟说："都想去，都想去！"

罗汉塔的东边是正在筹建的储巏曾经生活过的地方。我自告奋勇地当了一次导游。我告诉他们，储巏，字静夫，号柴墟，泰州名儒，成化年间进士，曾任吏部左侍郎。传说储巏年少时非常孝顺，为给母亲治病，毫不犹豫捋起裤腿让医生割股，但最终未能挽救母亲，成了孤儿。时寿胜寺方丈敬其品行，遂收留了他，让他在寿胜寺读书。初到寺庙的储巏对寿胜寺情有独钟，不久便写了《宿口岸次壁间韵》一诗于墙上：古刹初留宿，平生漫好奇。贝经翻旧叶，只树依高枝……后来的储巏为官清正廉明，刚正不阿，赐谥"文懿"，著有《柴墟文集》。寿胜寺因储巏而名声大振，储巏也成了当地人教育子女的好榜样。常年在扬州生活的弟弟很是惊讶："家乡原来还有此一说！"稍后，我们沿西路的塔院区、办公区、禅堂区返回，又沿东路的禅修区、僧房区、讲堂区走过去，回到山门殿。

从山门殿出来，我们穿过牌坊又来到寺前广场，广场上有人在散步，有人在拍照，有人在敬香，有人在小憩，耐不住寂寞的孩子们围着一个个可爱的小沙弥追着笑着，银铃般的笑声让人心生愉快。广场南面便是凤栖湖。听导游说凤栖湖是建东风快速路取土后留下的水塘，我不禁问："既然与凤一点关联都没有，那为什么要叫凤栖湖呢？"导游说，这里的"凤栖湖"与高港南的"龙窝口"是遥相呼应的，取"龙凤呈祥"之意。原来如此，完美！绿树环绕的凤栖湖面波光潋滟。从岸边看下去，能清楚地看见河底的水草，让人情不自禁地想起徐志摩的诗句"软泥上的青荇，油油的在水底招摇"。河边有默默垂钓的，有静静看书的，有窃窃私语的，还有钻在五颜六色的帐篷里睡觉的……

寿胜寺前面设广场牌坊以广纳湖光水色，最后设假山罗汉塔以收拢山水气脉，这样完美的设计，没有导游介绍，一般人还真看不出来！

在弟弟的提议下，我们一起在寿胜寺牌坊前合影留念。

马克思认为，经济基础决定上层建筑。凤栖湖畔寿胜寺的重建，意味着高港人生活达到小康后一种健康的精神追求，是高港区政府为高港人提供的又一个休闲娱乐的好去处，她必将与新建的扬子江药业集团、雕花楼景区、中国人民海军诞生地一样，成为高港又一张熠熠生辉的文化名片！

一路欢歌九曲溪

那年夏天，我们几个同事去了一趟武夷山，历时五天，最后的行程是九曲溪。来时路上就听导游说，九曲溪漂流视野开阔，可见山景，能赏水色，是现代旅游中颇带刺激性的旅游项目，所以我们对她充满了期待。我们到时，游人不是很多，所以没多久就顺利通过了检票口。导游把我们分成六人小组，每组选好小组长，然后依次登上了竹筏。竹筏由八根碗口粗的毛竹扎成，我们六人坐中间，首尾各一筏工，当头的是位男士，高个，偏黑。他叫我们穿好安全衣，然后熟练地解开绳索，竹篙一点，竹筏便缓缓地离开了码头。

因为导游没跟来，所以我们给了筏工小费，请他给我们讲解。"没问题，"他笑道，"我在这里漂了四十几年了，导游知道的我知道，导游不知道的我也知道。"问他一个月多少收入，说没收入，见我们诧异，又笑道："工资一半交给了老婆打理生活，一半存了银行给儿子结婚生子，自己啥都没有啦！"幽默的谈吐惹得我们一阵大笑。他也笑，问我们从哪里来，尽管我们把"梅兰芳大师的故里"说得响当当的，可他仍然一脸的茫然，摇摇头："没听说过。"我们忍不住笑，他不恼，嘿嘿一笑，顺手一指说："九曲！"顺着他的手看过去，不远的山背上，赫然有"九曲"二字，红红的，格外醒目，筏工说九曲溪漂流是从九曲到一曲顺流而下，这样随波逐流，省事轻快。

放眼四望，平畴沃野，豁然开朗。远处青山绿树扑面而来，脚下游鱼细石直视无碍。前面有急流！尽管我们有准备，可竹筏激起的浪花还是毫不留情地打湿了我们的鞋和裤脚，弄得同行者一阵大呼小叫。"八曲，水上动物园。看那边！"顺着筏工的手，我们看到了两块叠在一起的龟状石头，筏工介绍说，这叫"上下水龟"，是八曲溪中巧石，上水龟，下水龟，相互戏耍呢。

前面是一片滩涂，被河水冲洗过后，很平坦，滩上面的石头干净而光滑。我们又看见了山上的"七曲"。筏工又问："谁知道那叫什么山？"我们抬头望去，只见三座高峰，一座比一座高，筏工介绍说，这叫三仰峰，是武夷山风景区最高峰，700多米呢。哦，那么，站在三仰峰上，武夷群峰尽收眼底，应该是观景的最佳处吧，我想。前面又是一片开阔地，水缓滩阔，有人在前面大叫："拍照啦！"随即镁光灯闪过，筏工笑道："给你们留下光辉形象了。哎，你们知道那座山是男是女？"我们纳闷，山还有性别？但还是抬眼望去，一座山，周围全是峭壁，山顶郁郁葱葱，有人说男，有人说女。筏工说，男，见我们疑惑，又说，你没见他戴着绿帽子吗？哈哈哈哈！大家笑弯了腰。筏工不笑，闷头撑篙，几篙下来，一下超过了几艇竹筏，我们一起鼓掌欢呼起来。筏工来了兴致，亮起嗓门："大山的子哟——"音不太标准，但底气十足，很有韵味，引得旁边的竹筏上的乘客也跟我们一起鼓掌喝彩。

见周围没什么好介绍的，筏工便跟我们讲起了九曲溪的由来。相传唐尧时彭祖率领族人来到崇安居住，当时洪水泛滥，到处汪洋，民不聊生。

彭祖的两个儿子彭武和彭夷带领大家挖河堆山，疏浚洪水，他俩所挖的河道就是九曲溪。人们为了纪念武、夷两兄弟，就把此山称为"武夷山"。"哦，原来如此！"我们一起感叹，终究知道了这武夷山名的来历，看来不虚此行！"那里，隐屏峰，有著名的紫阳书院，是南宋理学家朱熹讲学的地方。你们文人，应该感兴趣的。"我们眯缝着眼睛看了又看，可惜只能看见一片葱郁。

又是一阵激流过后，眼前出现了只在电视中看过的奇景——万丈峭壁上的悬棺。筏工说这是闻名于世的"架壑船棺"，有3400多年历史，是古越族人的一种葬俗。大家唏嘘了好久，纷纷猜测为什么要把棺材放在那里，又是怎么架上去的，最后的结论是站在山顶吊下去的。

溪流越来越窄，估计快到一曲了。筏工说，给你们讲个故事吧。玉女下凡武夷山，与大王一见钟情，不幸此事被铁板道人察觉，上天庭报告玉帝邀功。玉帝大怒，命玉女立即返回，玉女宁死不回，玉帝一气之下，将玉女与大王化为两块石头，又将铁板鬼化为巨石横在他们中间，令他们永世不得相见，看，那就是隔石相望的大王峰和玉女峰。我们举目看去，只见大王峰摩霄凌云，雄伟壮观，俨然王者风范。玉女峰突兀挺拔，峰顶花卉参簇，恰似山花插鬓，俨然是一位秀美绝伦的少女。我不免心生感慨，沧海桑田，斗转星移，在人类的婚恋观已发生了翻天覆地的变化的今天，天庭的规矩也应该有所变化了吧。

短短两小时的漂流，我们全身心地沉浸在碧水青山之中，无噪声、无污染，抬头可见山景，俯首能观水色，侧耳能听溪声，伸手能触清波，秀丽的自然风景与优美的神话故事水乳交融，真是竹筏水中流，人在画中游，身心沐浴过一般，感到从未有过的轻松和惬意。

美丽的寻找之旅

2020 年 12 月 12 日，由泰州市高港区诗词楹联协会承办的泰州市第七届投创项目"诗暖少年——农村留守儿童关爱与成长"公益活动在胡庄中学开办。三十九名留守儿童及其家长参会。活动的最后一项议程是到留守儿童家去走访。诗友们兵分几路，驱车前往。我和王双武主席还有志愿者小高一路，任务是走访庵桥和肖林的四名留守儿童。

庵桥和肖林是两个社区，要在两个社区里找到四名留守儿童的家，这对于我这个只跟司机去过一次胡庄中学参加教研活动的"路盲"来说，困难可以想象。好在出发前热心的学校门卫凑到我们车窗口说，先去肖林，再去庵桥，这样省时间。我们就先去肖林。开车的是小高，我们都没去过庵桥和肖林。

十月小阳春，虽然已近阳历年，但阳光依然有威力，只行了一会儿，车里便热烘烘的了。眼前是大片大片绿油油的冬小麦，那一座座排列不规则的楼房矗立于冬日暖阳中，像极了一位位慈祥的祖母，闲适而安详。

路有点难走，一会儿是新修的四车道柏油路，一会儿是窄窄的水泥路。在导航的指引下，我们到达肖林四组，停车问路。在村民的指引下，我们找到了留守儿童宗怡家。宗怡家门关着，敲门，不应，打电话，没人接。

听见动静的邻居陆续拢过来问我们是什么人，找小孩做什么。听了我们的解释，纷纷说这小孩可怜，父母离婚了，孩子跟了父亲，父亲常年在外打工，是有严重心脏病的爷爷照顾她的生活，每天接她上学放学。说话间有人说，回来了。我们让出一条道，一个脸色微黑的男子骑着一辆电动车进入我们的视线，他后面坐着的一个白衣女孩也下了车，怯怯地站着。王主席走上前问明男子是女孩的爷爷后，向他说明了此行的目的，并将准备好的一沓钱塞给女孩，说："目前的生活也许艰苦了点，但是将来一定会比现在美好，希望你好好学习，孝顺爷爷。我们今天来晚了，但以后会关注你，帮助你。"宗怡的爷爷不断说着谢谢。将要回到车上时，王主席又折回来跟邻居说，这女孩家里都是男家长，还请你们这些奶奶大妈多照顾点。邻居们纷纷应诺着，同时还不忘帮女孩感谢我们。我们顺问了去庵桥的路线，又折过头向西而去。车上我问王主席，之前不是给过这些孩子救助吗？王主席说，这次算我的，我看这孩子太可怜了。

路实在难走，九曲十八弯啊，对面即使来辆电动车都不好错车，一个小店门口正在卸货，见了我们的车，就立即暂停卸货，把车开到空地让行。不断听到车里"嘀——嘀——"的声音，那是车要碰到东西的报警声。我们不断地下车问路，拐过九十度转角，又经过一座只容一辆车通行的水泥桥，好不容易找到了徐天佑和徐家昊家。可徐天佑奶奶说孩子跟爷爷看牙去了，王主席说打个电话问到哪里了，但没人接，徐家昊去远房亲戚家吃午饭了。王主席说我们先去庵桥二组的孔婷家吧。

经过徐天佑奶奶的指引，我们找到庵桥一组，问路于一个在门口修农具的大叔，他说往东，正在装修的一家旁边就是。我们在装修那家的旁边喊，一条狗扑过来，我吓一跳，生平最怕这玩意儿，却见那狗只叫不靠近，原来被链子拴着呢。我于是壮着胆子进门，好一会儿，出来个女人，抱着个婴儿。我们说明了来意，她肯定地说这里没有姓孔的。在我们的一再提示下，她终于说有一个呢，是招婿。如同绝望中抓住了一根救命稻草，我们急切地请她指点，她叫我们回头，因为路况比较复杂，她叫我们到了桥边再问。无奈，我们又回到修农具的大叔家，大叔不在，一个老爷爷亲自带我们走过去。路更窄，但都用水泥抹得平平的。已是午时，吃过午饭的人正或坐或躺在门前晒太阳聊天，门前尚未摘的辣椒小灯笼似的，路边银杏树下整齐的油菜苗像极了操场上做操的学生，谁家的银杏掉落在路上被踏破，独特的果肉味馨香四溢，一些针尖大小的飞虫，一群一群地在人眼边飞舞。这让我想起了老家，这一切与我曾经的那个家太像了！

不断有诗友传照片到群里，汇报任务的进展情况，大家相互鼓励，互相加油。王主席哈哈笑着说："大家热情高涨啊！"不一会儿，我们到了孔婷家，迎接我们的是孔婷的奶奶，听了我们的介绍，她很过意不去地说孔婷刚走，补课去了，早五分钟你们就能遇见她了。我们了解了孔婷的一些情况，给了一些建议后告辞。孔婷的奶奶把我们送出很远，好久我回头还见她老人家站路边朝这边张望。

"去徐天佑家。"王主席对高司机说。因为刚刚去过，所以认起路来比较方便，没花多少力气便到了徐天佑家。徐天佑正伏在窗前一张很大的桌子上写作业，可能是刚才听奶奶说过我们来的事，见了我们就停下笔，腼腆地站着。我们问他上几年级啦，学习有困难吗。他说没有。徐天佑的爷爷领我们到堂屋的西墙边，那里贴满了奖状，从小学到中学，南边一块是徐天佑的，北边一块是徐天佑姐姐的。这是两个农村孩子梦想起航的地方，我想。"天佑的姐姐在泰州中学上高二。我们老两口都不认字，都是学校的功劳啊。"爷爷说道，眉眼间有自豪，也有欣慰。鼓励了几句天佑后，十二点，我们返回。

路上，王主席说："我做公益十几年，资助过学生若干，但都没有今天这样高兴。"确实，公益活动是服务社会、奉献社会的好形式。当我们用爱心火炬照亮别人的时候，其实也在温暖着自己，当很多人将爱心火炬传递下去的时候，世界就美了。

漫步龙凤堂

江苏龙凤堂中药有限公司坐落在扬子江畔的永安洲，是涵盖中药材种植、中成药生产、质检、研发、销售及物流全流程的中药产业园。自2014年创建以来相继获批工信部儿童专用中药新药"神曲消食口服液"的产业化项目及"中药流程制造智能工厂新模式应用项目"，获批并实施国家标准委"中药流程智能制造国家高新技术产业标准化试点"。不久前，荣获"2020中国健康新势力企业"称号。

阳春三月，在扬子江药业集团宣传部长的带领下，我们高港诗协一行走进了神往已久的龙凤堂，一睹它的风采。步入主厂区正门广场，仿古牌坊迎面而立，龙凤阁襟带一池碧水，现代化厂房设施矗立，俨然有序。水系环绕，草树掩映，古建新厦，传统现代和谐一体。刘部长告诉我们，龙凤堂是扬子江药业花巨资创建的一个中药殿堂，定名"龙凤堂"经过了千琢万磨：龙凤意蕴阴阳，契合中医文化，而厂区地处龙城常州、凤城泰州之间，又包含地域特点。我们恍然大悟，不禁拍手叫绝。

我的女儿在扬子江药业集团工作，她经常告诉我，龙凤堂坚持贯彻"请名医挂帅，让绝技显灵"的中药开发战略，与中医名家合作，挖掘临床疗效好的验方，胃苏颗粒就是根据"中医泰斗"董建华教授的经验方进行自主研发的拳头产品，也是第一个有自主知识产权的独家中药品种。另外，根据周仲瑛、晁恩祥、方鹤松、张玉珍、高鹏翔等一大批名老中医的药方，他们还研制出了百乐眠胶囊、双花百合片、苏黄止咳胶囊、香芍颗粒、连榆烧伤膏、神曲消食口服液、清解退热颗粒等一大批现代中药制剂产品，在消化、呼吸、肿瘤、妇科、儿科、烧创伤等各治疗领域彰显着独特疗效和临床价值。在新冠疫情防控时期，许多药都派上了用场，发挥了重要作用，这些我们早已从新闻媒体上看到了。

我们跟着刘部长来到了中药饮片一号车间和二号车间，整个车间纤尘不染，而且偌大空间，只有三四个防护严实的工人在操作。见我们疑惑，刘部长介绍道，龙凤堂早已对传统产业技术进行改造升级，由"中国制造"迈向"中国智造"，这两个车间具备120多个饮片品种的生产能力，因为它拥有国内第一条饮片真空润药功能的洗润切烘联动线，自动上料、挑选、洗药、润药、筛分、干燥和包装，提高了生产效率又实现了信息共享，使得中药饮片的质量又多了一道保障。提到质量，刘部长告诉我们，中药是中医药事业的物质基础，质量安全的重要性不容忽视。这既需法律约束、政府监管，更需企业严格自律。而扬子江一直享有"质量立企"之名，曾荣获"全球卓越绩效奖"（世界级）、"全国质量标杆"等殊荣。近5年参加国际QC发表大赛，共斩获20项金奖。我心里隐隐觉得，强烈的质量安全意识，已融入龙凤堂的血脉。

与刘部长同行时，我提出了一个一直在脑海里盘旋的问题，就是龙凤堂药材从哪里来。刘部长告诉我，龙凤堂从建厂开始就在全国道地中药材产区启动建设中药材种植基地，实行"公司＋合作＋农户"的基地发展模式，产地稳定，质量可控。到 2022 年，龙凤堂在全国 20 多个省份共建成基地 100 多个，品种接近 100 个，种植规模 40 多万亩，种植版图已覆盖大半个中国。刘部长又对基地选址、田间管理、采收时间、初次加工环节、仓储设施以及运输和药材入库等情况进行了一一介绍，还高兴地告诉我们，在不久的将来，购买龙凤堂产品的消费者，通过质量追溯码，就能看到田间地头间蓬勃生长的药材，随时对药材质量进行严格质量监控。真正做到从中药种植的源头开始管控，保证药材的道地性和纯正性，让消费者放心。

同行中有人问，全国现在有多少家药企？刘部长想了一下，说，五六千家吧，"亚历山大"啊，不过龙凤堂人早已注意到了这一点，从成立之初就注重创新研发，特别是对名医验方的开发，孵化出一大批特色拳头中药产品，自主研发、合作研发、外部引进三箭齐发，与大学合作、聘名家顾问、设研发平台，使企业永远拥抱科技，稳步前进。这不，刚刚，龙凤堂荣获"2020 中国健康新势力企业"称号。

我有很多学生在扬子江工作，闲谈中得知扬子江的中药材基地还富了一方百姓。我问刘部长是否真有其事。刘部长哈哈一笑，说，不假。推进中药材产业发展是国家扶贫工作重要内容，龙凤堂在全国 43 个贫困县布局了 29 个品种基地，还将 9 个贫困县列入中药材品种产地采购行列。以我们的黄芩种植基地来说吧，其实每种中药都有个性，黄芩就适宜长在山东万乔，我们在万乔有 1 万亩基地，在那里，我们免费发放各类农业生产资料，同时吸收农户加入共建合作社，保证中药材采购量，一批贫困户成为基地劳务人员，参加田间作业和黄芩初加工等，带动农户每年增收 2 万元，毫不夸张地说，为扶贫助力乡村振兴尽了我们应该尽的责任，可以这么说，龙凤堂起步于中药，但做的不仅仅是中药。

我突然想起不久前中医热掀起的风潮——屠呦呦凭借"青蒿素"的发明摘得诺贝尔奖，这一抗疟药物拯救了全球数百万人的性命；里约奥运会上，泳坛名将菲尔普斯身上的火罐烙印让世界了解了"中国印"……目前，副作用小，操作简便，疗效显著而逐渐被世界认可的中医药已经传播到183个国家和地区，世界范围内又一波"中医热"已然形成。

神农尝百草，乃知世间有大爱；华佗医顽疾，方晓药中有乾坤。中医药也叫"汉族医药"，它是中华民族的宝贵财富，有着数千年的悠久历史，底蕴十分丰富。我国的中医理论在春秋时期就已基本形成，后经创立"八纲""八法"的张仲景、发明麻醉和五禽戏的华佗、"药王"孙思邈、著成《本草纲目》的李时珍的不断努力，逐渐走向辉煌，如今龙凤儿女正肩挑"护佑众生"的大任，以现代化、智能化的中药生产技术引领中药事业的全新发展，将中药大健康事业发扬光大！

漫步龙凤堂，我收获颇丰！

第三辑　至爱亲情

父亲是个《论语》迷

要开学了，我想再去看看父亲。推开门，见父亲正伏案抄着什么，我叫了他一声。他抬头见是我，笑着搁笔，关切地问我学校开学没，今年教几年级，每周几节课，学生基础咋样。我一一告知。

我翻翻父亲刚看的那本书，原来是一本《论语》。这本书是那年我陪父亲逛商场时买的，当时父亲说："赵普曾以半部《论语》治天下，我想看看这到底是本怎样的书。"这一晃，几年过去了。父亲告诉我："我这已经是读第三遍了，叫细细读。"的确，父亲读书很用心，因为书上很多地方不但折了角，还用红颜色的笔画出了重点，那些画了线的文字已被抄在了一个笔记本上，字迹工整，有条不紊，红蓝相间，养眼养心。

姐姐请父亲给孙子起名，父亲问："有辈分吗？"姐姐说"怀"字辈，父亲沉思片刻道："孔子说：'君子怀德，小人怀土。'就叫'怀德'吧，希望他将来胸怀远大，目光长远，成为国家的栋梁之材。""怀德"这名字顺口、不俗，家人个个喜欢。

我的衣胞地在新疆，自二十世纪七十年代来到江苏，直到2019年才得空回去一趟。临行，我去与父亲告别。父亲笑着说："孔子说：'父母在，不远游，游必有方。'就是说，子女的一言一行都牵扯着父母的心，特别是子女出远门，父母总是很伤感，总会惦记着子女的平安。你今天来我很高兴，你是个懂事的孩子。不过要答应我，每天要打一个电话给家里！"于是，每到傍晚，我都能听见几千里外父亲的声音。

2020 年春天，新冠疫情防控形势好转，我迫不及待地去看父亲，他老人家依然在读《论语》，其中精美的句子已被他用毛笔放大抄录于宣纸上，张贴在床头，摘抄的笔记本叠得更高了，宝贝一样地码放在书桌下。见了我，父亲高兴地说："孔子说：'其身正，不令而行；其身不正，虽令不从。'为控制疫情，不少地方要做特殊管控，中国这么大一个国家，从上到下，需要多么大的号召力啊！中国，了不起！"我感叹，虽经两个月疫情防控的特殊期，父亲依然精神矍铄，全然不像九十多岁的老人！

那天父亲生日，姊妹小聚。饭后坐堂屋聊天。暖阳，热茶，大家谈笑甚欢。姐姐无意中谈起她的"麻辣"公婆，伤感之情溢于言表。父亲说："子曰：'伯夷、叔齐不念旧恶，怨是用希。''不念旧恶'就是我们时常说的'宽容'，一个人如果不记别人的过错，不记旧怨，心中就会一片坦然，就会待人友善。父母不是圣人，也会犯错，别记恨他们，学着放过自己吧。"姐姐释然。

年前我去看父亲，向他讨教读《论语》最大的收获。他打开《论语》，翻到第四页，拿起放大镜读道："道千乘之国，敬事而信，节用而爱人，使民以时。"怕我不懂，又解释道："这句话讲诚信是立国之本。现在，我们的国家正在推进政治文明建设，引领社会诚信风尚，这就非常有意义呀！我已经把孔子的这句话抄在书的扉页上了。"

我看看父亲，又看看那本被父亲翻过无数遍而变得柔软又疏松的《论语》，一个念头忽然而生：我也要精读这本书。

509 号病房

509 号病房里放着三张床，穿过三张床有一扇门，进去是卫生间，里面有抽水马桶、洗脸盆、一个洗澡用的花洒。如果你是刚住进去的，清秀的护士小姐会给你铺好洁白的床单，然后告诉你，这是报警器，找我们只要一按就行；这是床头灯；电视可以看，遥控器去服务台租；本楼最东边是开水房；三楼楼梯旁有食品加工间，食堂在一楼最西边……交代完，袅袅婷婷地走了。

妈妈是正月初五被安排到 509 号病房的，考虑到没十天半月出不了院，大家商量后做了安排：上午是我陪护，下午是三弟媳，晚上是姐姐和嫂嫂，弟弟们则负责跟医生联系，爸爸是随意班。经过两天的治疗，妈妈的病情明显好转，能勉强坐起来吃饭了。于是，每到晚上，妈妈病床前一家人又团聚了：

"昨天又用了多少钱啊？"

"这个不用你操心，身体比钱重要！"

"我生病的事不要告诉亮亮啊，他的工作重要，请不得假！"

"小时候一个个让我操心，现在一个个跟着我操心。"

"妈，你也别这么说，儿女多的就是这样，先吃苦后享福，你现在就到享福的时候了，我们希望你把这福好好地享下去，什么都有我们呢！"

妈妈咧开嘴，开心地笑了。

妈妈住院的第三天夜里，509号又来了一位病人——一个突发性脑血管堵塞的老妇人，经医生全力抢救，虽然脱离了危险，但神智仍然不清，整夜唠叨：要沤尿！我要沤尿！看见人来总是说，我在沤尿呢！女儿问："你知道你现在在哪里？""在哪里啊，在裤子口袋里！"

老人住院的第三天早上，病情基本稳定，两天两夜没合眼的兄妹俩悄悄走了，代替他们的是两个中年妇女，两人给老人端尿，擦澡，喂饭，剪指甲，逗老人说话。听他们说，老人生了一子一女，都在单位身兼要职。晚上，老人的子女都来了，一左一右坐在老人床边问长问短，老人拉着女儿的手指着两个陪护说："这两个人真好，今天陪了我一天呢！快谢谢人家！"两个陪护笑了："奶奶，你要谢的是你的儿女，是他们叫我们来陪你老人家的！"老人看看儿女，又看看陪护，一脸的茫然，引得病房内一阵哄笑。

妈妈住院的第六天，天终于放晴了，灿烂的阳光从南边窗户射进来，使人阴霾了几天的心情也跟着明朗起来。妈妈能下床走动了，饭量也一天天大起来。下午病房里又来了一位老奶奶，也是脑血管轻微堵塞，不过看上去没什么大碍。她一边走向护士为她铺好的病床，一边朝后边跟着的老夫说："老头子，咱们什么都没带啊！不如回家吧！""你先躺床上去，东西我回家拿。"被叫作老头子的秃顶，背有点驼，眼睛细得看不见眼珠子，但脸色红润，精神很好，他安顿好老妇人，回家了。同室问为什么不叫子女送，妇人说，两个儿子都刚去上海打工了，媳妇也忙，不想打扰他们。那你的住院费？老头子有退休金呢，他早年在上海做戏袍，再说还有农村医疗保险，够了。你俩多大了？一样大，八十三岁。平时在家做什么呢？做做家务，种种蔬菜，他有时打打小麻将。一会儿，老头子就来了，从方便袋里拿出脸盆、毛巾、饭盒，又到一楼买来晚饭，先叫老妇人吃，剩下的自己吃了。饭后，老头子搀着老妇人到外面走廊上散步，晚上七点多钟，老头子帮老妇人脱外衣，老妇人将一只脚伸到老头子眼前，示意他看自己露出半个脚趾的破袜子，"带不走！"老头生气地说。老头子把老妇人脱下的衣服折叠好，放在床另一头当枕头，两手交叉挡住光线，一会儿便睡着了，轻轻的鼾声伴着均匀的呼吸，令在场的羡慕不已。"他接到枕头就睡觉。"老妇人解释道。第二天的饭是老头子回家自己做的，青菜烧牛肉，因为老妇人吃不来食堂里的饭菜，嫌辣。

什么是福？可能不同的人有不同的理解，有人认为，福就是儿孙满堂，有人认为福就是到了耄耋之年还能有个好的身体，睡得着，吃得香。但我认为，老有所依，老有所靠，即为福。509 号病房的三位病人都是有福之人！

味道

　　腊月里要做的事情很多，像置办年货啦，修葺打扫房屋啦，还有一件最重要的事情就是洗被缝被。

　　选一个晴朗的早晨，母亲开始拆被，还不忘喊上我："丫头，快起来拆被，今天好天！"于是我便蒙眬着惺忪的睡眼起来拆被——我跟姐姐的、弟弟的、奶奶的，母亲的她自己早已拆好。那时在我们苏北农村里洗被缝被一年中最少有两次，一次是春夏之交的五月，把被子洗洗收起来，一次是寒冬料峭的腊月，而最有规模的洗被是在腊月，家家户户洗帐子，洗被子，洗水瓶，洗鞋子，人们洗洗刷刷，准备过年。

　　我拆被时母亲便把家里椭圆形的大木盆拿到井边泡被子，先是用冷水泡，后用热的肥皂水闷，然后拿到小木盆里用搓板搓，那些原本清亮的水立马变成了浅灰色。母亲跟村里的人们围在村里唯一的一口井边，拉着家常干着活，孩子们则在不远的地方玩着掼炮，跳着橡皮筋，头上早已热气腾腾。我喜欢用剪去两头的麦秸秆蘸着肥皂水吹泡泡，我吹着，我的两个弟弟嘻嘻哈哈地追着，母亲不责备，只是不断地叮嘱我们慢点跑。虽是寒冬腊月，井边却热闹非凡。

　　母亲把洗好的被子两条两条地用大竹篮拎到村后的小河边，跪在青石板上用木棒捶，再放河里漂，因为被单比较大，母亲必须站起来又蹲下去，如此反复多次，等到挤下来的水清澈无沫就算干净了，再斜着腰红着脸挎到村头小水渠边晾，那里的光杆柳树上早有母亲绑好的绳子。不一会儿，水渠边便飘扬起整齐的被单，红的绿的，黄的紫的，像一片片彩色的祥云飘落人间，煞是好看。

傍晚时分，母亲开始缝被。缝被用粗针，针约莫两寸来长，线是上好的白色棉线，每根丈把长，码齐了拧成麻花状，用一根抽一根。缝被有一样东西是必不可少的——针箍，戒指样的，套在中指上，那些上了"年纪"的棉絮，又硬又潮，不借助针箍手会被戳破的，我刚学缝被时手就被戳过，至今心有余悸。缝被所需的空间较大，而母亲总能变着花样搞定。

大多数情况下，母亲是在堂屋缝。把八仙桌置中，上排两扇门板，门板上铺好干净的席子，然后先后铺上被里子、被胎、被面。先缝四周，最后缝中间。常常一条被子半小时不到就缝好了。遇到被胎潮湿或板结，母亲就把针头插进头发里蹭几下再缝，针似乎立马走得快多了。

天气晴好的时候，母亲也把被子放地上缝。先把地上扫干净，垫上报纸，报纸上铺上席子。这种缝法最大的弊端就是人蹲着不舒服，时间久了，腰会难受。

有时堂屋里架了蚕匾，母亲就在床上缝。先把床上的东西拿开，然后把被里、被胎、被面依次摊好，对叠，先缝一边，再缝另一边，最后缝两头。在床上缝最不方便，因为老式床三围有栏杆，床面空间太小，人蹲着不好转身。

偶尔，母亲也在绳子上缝。在门前那两棵高大的泡桐树间绑一根粗绳，先挂上被里，再挂被胎、被面，先横挂缝两头，后竖挂缝两边，与人说着话的工夫，一条被子已经缝好。

母亲也经常被人家请去缝喜被，缝这种被子的固然是福人，但针线活计好应该也是一个方面吧。后来我嫁人生子，忙不过来时母亲也来帮我缝被，母亲缝的被平整松软，针脚整齐，疏密有致，堪称艺术品。母亲就这样洗被缝被、缝被洗被，劳碌了一生，不知不觉中把青丝缝成了白发，把玉指缝成了树枝。

晚上，盖着母亲刚缝好的被子，软软的，暖暖的，嗅一嗅，似乎还有太阳的味道，那是母亲的味道、家的味道，也是爱的味道。

养蚕时光

刷到抖音上有人养蚕，我毫不犹豫地买了二十只，一方面是想给我那七岁的小外孙平淡的生活添乐，更重要的是了我心中一个情结。

土地承包到户后，农人的时间多了，在种好责任田的同时，大家纷纷搞起了副业，有的到南官河边装货卸货，有的跟在瓦匠后面拎灰桶做小工，母亲则养起了蚕。母亲养蚕或多或少是受了我姨娘的影响，我姨娘家住长江边，他们那里家家户户养蚕，姨娘家每年都养几张纸呢。母亲的想法倒也不错，养蚕一来可以贴补家用，因为家里上班的上班上学的上学，她还可以保证后勤。

每当门口两棵高大的泡桐树上那些漏斗状的紫色花像片片祥云落在我家的庭院里时，母亲就开始给蚕具消毒了，蚕匾、网、做支架的竹子绳子，全被拿到树下大水缸里用配好比例的消毒水洗刷，然后母亲把它们捧到场边枯树干上晾晒。那时候，家里准备养蚕的前后堂屋的角角落落也被整理得干干净净，整日飘着漂白粉的味道。

蚕的发育温度是 7 到 40 摄氏度，饲育适温为 20 到 30 摄氏度，所以在我们长江中下游地区，一年可养四次蚕，即春蚕、夏蚕、秋蚕，秋蚕又分早秋、晚秋。因为三四月份气温依然低，桑叶也难找，保险起见，每年春天母亲只从供销社拿回一张蚕种，一张蚕种通常也有两三万条。刚拿回的蚕很小，跟蚂蚁似的，身上有黑黑的绒毛，娇嫩得很。母亲把它们放在蚕匾里，蚕匾是买来的，用芦竹篾编成，长方形，母亲在上面垫张旧报纸，有时倒春寒，气温实在低，母亲会生个煤炭炉子给蚕宝宝取暖。因田里的鲁桑叶还没长成，母亲便到家前屋后采来桑叶，有时桑叶不够，母亲便把竹篓往腰边一系，拿个钩子到邻队去采。母亲把采回来的桑叶切成条喂给小蚕。小蚕虽然吃得少，但对桑叶的要求很高，首先要嫩，要新鲜；其次不能含水，遇到下雨天，桑叶采回来后，母亲还要用干布一片一片地把桑叶擦干，再切好喂给蚕吃；还有就是少吃多餐，每三个小时喂一次。每天凌晨三点母亲就起床除沙（蚕的粪便）喂蚕，喂完蚕做早饭，我们在吃早饭时，她早已去采桑叶了。

几天后，母亲开始给蚕搭支架，为扩匾做准备。支架搭四层，最上面以手能够到为准。二眠三眠后，蚕的身体已经长到一寸来长，白白的，肉肉的，摸上去凉凉的，像掉在地上的一截粉笔，它慢慢蠕动着，有点丑。蚕匾也从最初的两个扩展到一百来个，前后堂屋不够用了，母亲又把厨房腾出半间来做蚕室。蚕的饭量也开始大增，每天要吃上百斤的桑叶，于是母亲每天总是在采桑叶的路上，她每天三点起床，给蚕喂一次桑叶，然后做早饭，等我们起床吃早饭时，她早已扛着一篓桑叶从地里回来了，她的头被夹在手臂和竹篓中间，脸因长时间的用劲而变得通红，汗珠顺着脸颊往下流，在下巴处形成一颗颗圆圆的水滴。父亲赶忙丢下筷子上去接："少摘些，昨天我们下班采的还有呢。"

我们这里的地貌分两种，比较低矮的地方叫作"圩"，是住人的地方，而那些高田则是长庄稼的地方，七沟八豁的，还有乱葬坟。我们家的桑树地在高田上，离家三四百米，约五六亩的样子。桑园里种的这种桑树叫鲁桑，是桑树的一种，鲁桑枝条粗长，叶圆且大，无缺刻，肉厚而富光泽。北魏贾思勰在《齐民要术》中说："'鲁桑百，丰锦帛。'言其桑好，功省用多。"每年深秋，最后一批蚕上山后，母亲就用一种特制的大剪刀剪去所有的桑树丫枝，因为用力太大太久，母亲的手经常会有血泡，我经常看见母亲晚上就着昏暗的灯光用缝衣针挑血泡，血泡一破血肉模糊，母亲总是用紫药水涂一下，第二天再套上纱布手套继续剪，剪完后再把蚕沙倒在每棵桑树根上，保证它来年发芽所需的营养。每到春天，东风一吹，鲁桑便萌生出很多的壮芽，如初生的健儿蓬勃生长，等到蚕二三眠时，鲁桑的叶子已有人的脸盘大小。为保护枝丫间的幼芽，桑叶是要用剪刀剪的，这样很费工费力。

午后采桑叶比较辛苦，头上太阳虽不辣，但晒久了也热，加上桑叶繁茂，密不透风，夏天极易中暑，我们劝母亲中午别去桑树地，她笑着说，桑树地里可风凉了，像是到了西公园。听母亲说到西公园我们总会莞尔一笑，小时候每到节假日，父亲母亲总会用自行车带我们去西公园玩，但我那时太小，对西公园没什么印象。不久便出了一件事。母亲早上从桑树园回来后便倒下了，整个人飘飘的，脸煞白，我们从没看见过母亲这副模样，吓坏了，父亲端来茶水一口一口地喂她喝，好久后母亲才缓过来。事后问她，她轻描淡写地说，被一条蛇吓到了。但我隐隐地觉得，一定还有其他原因，但什么原因呢？至今没人知道。

每天中午放学回家我们都看见母亲在蚕匾旁忙碌，她一边叫我们先吃饭，一边从支架上拉出一个蚕匾放地上，在父亲的协助下将一张网罩在蚕匾上，再在网上铺满桑叶后将蚕匾复位，全部投喂结束，母亲会盛碗饭，边吃边在蚕匾旁巡视，白白的蚕儿如同饿极了的婴儿忽然找到了奶嘴，它们吃桑叶发出的沙沙声在母亲听来一定是动听的音乐，这时母亲的神情是欣慰的，这种欣慰常令我嫉妒。吃完饭，母亲又在父亲的协助下，两手拉住网角，将已经爬到网上面的蚕连同桑叶一起提起，放到另外一个干净的蚕匾里，这个过程叫除沙，除沙每天一次，一百多个蚕匾除一次沙也是个不小的工程。

蚕四眠后，母亲更忙了，她的时间好像是个巨大的闹钟被分割成了若干的小块，每隔几个小时就得喂蚕、采桑叶、换网，为了防止蚕生病，还给蚕喷洒多灭净。一次我在睡梦中被母亲的尖叫声惊醒，我鞋都没穿，跑到堂屋，只见母亲倾斜着身子，用两只手推着上面的蚕匾不让它们滑下来，她是那样的孤单无助，原来母亲给蚕喂食时拉蚕匾的力稍大了点，整个蚕架倾侧。我们立即一起上去，七手八脚地把架子重新支好，重新睡觉时我看了一下钟，凌晨两点半！

后来蚕像是病了，它们吃得少了，只是呆呆地伏在蚕匾里，身体也渐渐从白色变成了黄色，又变得透明，不消多久，它们又把头昂得高高的，四处探索，它们在寻找什么呢？母亲说，现在蚕的肚子里已经全是丝了，它要上山吐丝了。于是一家人开始做"龙"，给蚕上山用。父亲一有空就用稻草搓绳，一丈长一段，绕成球状，码放在墙边。我和姐姐先把麦秸秆上的枯叶摘掉，再用铡刀铡成二十来厘米长，扎成小把整齐地码放墙边，母亲和哥哥用草绳和铡好的木秸秆绞成"龙"，一丈来长，像根巨型狗尾巴，我们把身体变得透明的蚕捉到"龙"上，蚕便在上面吐丝结茧。蚕可真是了不起的工程师，一夜工夫，蚕茧"大厦"便大功告成。茧是椭圆形的，雪白的，表面紧致而平整，嵌在麦秸间，像一颗颗剥了壳的鹌鹑蛋。大多数人都以为这时的蚕已经死了，其实，它是以另一种生命的形态——蛹存在着，等到来年，它会变成蛾破茧而出，产卵繁殖，最后才真正死去。蚕奋斗一生，啥也没带走，却给人们留下了最宝贵的物质——蚕丝，最崇高的精神——奉献。这些，我是从书上读到的。这个时候，我们会看到母亲眼里藏不住的笑意。等蚕全部变成茧后，母亲会用暴着蚯蚓样青筋的手小心翼翼地把它们一个一个揪出来，放在箩筐里，挑到供销社去卖。那些年我们家养蚕卖得的钱母亲一个一个地攒着，她要给他两个尚未成家的小儿子准备彩礼呢。

蚕茧卖掉后，母亲又马不停蹄地忙自留地，她扛着圆竹匾到自留地里收菜籽，把收下的菜籽扬净晒干送去榨油，再在地里种上茼蒿、苋菜、青菜、雪里蕻，在家前屋后栽上黄瓜秧、南瓜秧、丝瓜秧，去水稻田里扯草，施肥，从炕房里捉几十只小鸡小鸭，夹起帐来圈养，再把蚕匾、竹竿、绳子什么的拿出来消毒，准备夏蚕进屋。

母亲去世后的 2019 年，我特地去了一趟新疆，看望了母亲的闺蜜汪赛华，想听她聊母亲又怕她聊母亲，在汪阿姨小女儿小春的带领下，我去了我们家以前住的地方，发现那里早已高楼林立了，在我的提议下，小春带我去了西公园，发现桑树园跟西公园真的没法比，桑树园里面没有曼妙的风景，也没有醉人的音乐，不会使人身心放松，也才知道那只是母亲安慰我们的一个善意的谎言罢了。

如今一看到蚕我便想起我们家那些养蚕的时光，想到小小的蚕儿对我们家的馈赠，莫名地心生感激，而且一看到蚕便也总会想起我苦命的母亲，想起母亲为我们这个家无私的付出。春蚕不应老，昼夜常怀丝。母亲如果在世的话，她老人家今年正九十高寿。

踏实

"打牌吗？三缺一。"闺蜜红玉在电话那头故意扯着嗓子问。紫菱迟疑了一下，说："下午有事情，不去了。""是去会情人吗？看来要开除你的牌籍了！"红玉坏坏地笑着。紫菱懒得跟她解释，挂了电话，翻了个身，又迷迷糊糊地睡了。

紫菱说的事情其实也不是什么重要事情，今天是母亲节，她要回去陪母亲一起过。昨天她就计划好了：吃过午饭好好地睡个觉，为了财务科的一个突发事件，她已经好几天没睡一个安稳觉了，再说，母亲也有睡午觉的习惯。然后，陪母亲去逛街，然后选一个安静的地方和他们共进晚餐。可接了红玉的一个电话她再也睡不着了，起来打了个电话，是母亲接的，紫菱告诉她过会儿就来，母亲哦了一声，紫菱怀疑她有没有听清楚自己的话。母亲现在听力很不好，有几次紫菱打电话过去，总是很费事，虽然声音大得引同事侧目，但该说的还是没让母亲听明白，所以后来有什么事情，紫菱总是亲自过去。

拐过熟悉的小巷，习惯地朝前望去，见母亲已经倚在门柱上朝这边张望了。父亲见了紫菱，忙笑着说，你妈挂了电话就在这里等了。紫菱很诧异：妈妈听见我的话了？假如我不说要过来，她岂不是要一直等下去？"今天你不上班吗？宝宝呢？"母亲转头问父亲："那个瓜呢？"母亲现在没时间概念，她不知道星期几，更不知道节假日，她说的那个瓜是劳动节那天紫菱买给她的哈密瓜。紫菱说，今天星期天，没事过来看看，马上上街买点东西，你陪我一起去吗？母亲点点头："去呢。"

　　街上很热闹，虽然乍暖还寒，但爱美的靓女还是穿上了夏装，三三两两，擦肩而过，很是养眼。还有推着小车、缓缓而行的小夫妻，初为人父初为人母的幸福和喜悦毫无保留地荡漾在眉梢。紫菱拉着母亲的手在前面走，父亲跟在后面。紫菱觉得母亲的手很瘦很无力，印象中母亲的手很大，很巧：母亲会理发，小时候哥哥和弟弟的头发都是母亲理；母亲会做鞋，小时候一家人的鞋都是母亲做，剪样、纳底、粘帮；母亲会做饭，她能把山芋做成各种形式的食物，帮我们度过春荒；母亲还会养蚕，换网、杀虫、捉蚕上山都是母亲一个人劳碌……可现在母亲老了，头发几乎全白，皱纹也爬满了脸，原本挺直的腰杆不知什么时候也弯曲了，特别是近几年，低血压、眩晕症、甲状腺功能问题和脑萎缩常常令她痛苦不堪，她常唠唠叨叨发无名火，也常说了后句想不起来前句，但紫菱知道，这是脑萎缩带来的后遗症，越发怜爱母亲了。

　　现在母亲牵着紫菱的手，如同孩子一般，很乖。紫菱边走边想，该给母亲买点什么呢？吃的，还是穿的？母亲牙不好，买点香蕉和肉松鸡蛋糕吧。到了商场，母亲怎么都不肯进去："我衣服多着呢，穿不了会浪费的。"紫菱骗她说帮我看看。母亲说，你进去看吧，我和你爸爸在外面等你。无奈之下，紫菱只好到鞋柜给他们各买了一双软底布鞋，母亲嘴上说不要，可牢牢地抓在手上左瞧右看，爱不释手。

前面就是"越香人家"，他们走进去拣了个临街的位置坐下，听见有人叫，紫菱回头，一只拳头已捶到肩上，是红玉："我还以为什么事呢，死相，害得我们都没来成！"紫菱忙介绍："这是我爸妈，今天不是母亲节嘛，陪陪他们。""啊，瞧我这记性！呃，应该的，应该的！"转身朝向紫菱的母亲："伯母，节日快乐！真的好羡慕你们！"因为有事，红玉打了个招呼就先走了。紫菱告诉父母，红玉这几年很不幸，父母相继去世，去年独生儿子又死于车祸。"挺可怜的，我们常过去玩，打打牌，聊聊天。"他们吃着聊着，三份珍珠奶茶，四菜一汤，在轻松的气氛中被一扫而光。

紫菱回到家已经晚上八点，洗过澡靠在床头，才发现女儿不知什么时候发来的短信："五月的康乃馨，没有牡丹雍容华贵，没有蜡梅孤傲清高，没有桂花浓香四溢，只有清淡静谧、温馨恬静，就像我们的母亲。祝妈妈母亲节快乐！"一股热流涌过心头，紫菱拉过被子，沉沉地睡了。

这一夜，她睡得很踏实！

淡淡秋光

　　我、弟弟和父亲坐在阳台上看雨，淡淡的秋光透过午后的窗玻璃轻轻罩在我们身上，楼下桂花的香气阵阵袭来，真是惬意。我们跟前的杌子上有一盘橘子、一盘洗好的苹果，还有一盘桂花糕和一盘同样洗好的冬枣。我对父亲说，要不要我给你切一个苹果？父亲说好的。弟弟听了忙去楼下厨房拿水果刀和碗。父亲现在最爱吃的水果是苹果，其他的水果基本不碰。父亲满嘴假牙，他吃苹果喜欢切成小块然后用牙签挑着吃。看我在他跟前忙活，父亲笑着说，你妈在世的时候，也是这样削苹果给我吃的。父亲想我妈了，别看他脸上笑着，但他的心思我懂。我把一碗苹果块递给父亲，他接过连声说谢谢，然后慢慢吃起来。父亲现在吃什么东西都很慢，似乎什么山珍海味都不能刺激他的味蕾，不能提起他的食欲，经常我们都吃完了，他碗里还有半碗饭。父亲现在的生活就像电影里的慢镜头。

　　"你妈妈真是个好人呢，可惜人好命不长。"父亲边吃苹果边喃喃着，"你姑妈病逝，在上海开追悼会时你妈妈那种伤心的样子，我至今都记得，不要说她们是姑嫂关系，就是人家亲姐妹都比不上的。"我的姑妈是父亲唯一的胞姐，终身没有生育，她似乎把母爱都给了我们姊妹五个：每年中秋节还没到，我们就会收到她从上海寄来的高档月饼；要过年了，又早早地捎回来诱人的大白兔奶糖。姑妈在服装厂工作，隔三岔五地给我和姐姐做衣服，她那年给我做的那件大红的灯芯绒手工绣花的罩衣，我一直珍藏着。那时每次姑妈回来，母亲总是热情款待，脚前脚后姐姐长姐姐短的。姑妈喜欢吃辣，母亲便用稀罕的肉丝炒辣椒给她吃，姑妈吃得大汗淋漓，不停地用毛巾擦，但直呼过瘾。姑妈临走，母亲又是大包小包的，大麦粉、菜籽油，只要姑妈喜欢的，一并带上。

我说我妈对谁都好，那年邻居富民家砌房子，全家住在我们家几个月呢，分文房租不收不说，还允许人家把临时锅灶支在我们家堂屋大门口，我妈帮着做饭给匠人吃，上场忙到下场，不知道人家"个识"她的好。"识呢，"父亲忙接过话说，"后来我每次下班经过富民家，富民的妈妈总要拦着我到她门口地里扯蔬菜给我。人啊，能帮人处且帮人，只要自己觉得是对的事，只管做，别的不考虑。这是你妈妈在世的时候经常说的一句话。"我想起了魏徵，想起了他的"择善而行，不问曲终"，感慨高尚的灵魂总是惊人的相似。

楼下有人敲门，弟弟下去看，原来是姐姐回来了。母亲去世后，怕父亲孤独，我们都经常回来看父亲，陪他聊天，帮他打理卧室。弟弟搬了张椅子给姐姐，让她坐父亲旁边。姐姐边打理着被雨淋湿的头发边看着面前的糕盘说，还蛮有仪式感的嘛。我说当然，重阳吃糕，百事俱高嘛。姐姐挑了一只橘子边吃边问我们刚才谈了什么。我简单告诉了她。姐姐问父亲，你那时怎么认识我妈的？父亲把嚼碎的一块苹果咽下，淡淡地说，我们是父母之命媒妁之言，那时你的爷爷和你外公都是地方上的知名人士，特别是你外公很开明，他不因为你妈妈是个女孩就让她围着锅台转，而是送她去了私塾，你妈灵巧得很，一教就会，私塾老师特别喜欢你妈，他认识你爷爷，也认识你外公，就来我们家说亲，你奶奶对你妈非常满意，不久就去你外公家提亲，结果双方父母都没意见，于是把我和你妈妈的生日时辰写在一张红纸上，放在灶台上，三天三夜太平无事，这桩亲事就算成了。你奶奶过世时你妈妈才十六岁，还没过门，奶奶断气前看着你妈妈只是流泪，她实在是舍不得离开这个世界，她要看着你妈妈过门，生子，一大家子其乐融融。后来每个"七"，你妈妈都到我家来烧纸磕头，这说明你外公是个很有人情味的人。

"来来来，吃冬枣吃冬枣，已经用盐水泡过了。"弟弟招呼我们，他在我们跟前不抽烟，这么长时间了，有点撑不住了。姐姐拿起一个枣咬了一口，说好吃好吃，又脆又甜，在哪儿买的。弟弟说问了干吗，楼下多呢，想吃马上带点回去就是。我说，爸爸，你觉得你这辈子对得起我妈吗？父亲沉思了一会儿，说，我对不起她，也对得起她。我说对不起她是因为没让她过上好日子，自从结了婚我们就支边去了新疆，我那时在建设兵团工作，你妈没工作，只好去人家做保姆，主家不是个好说话的人，你妈受了不少委屈；后来有了你哥，你妈就去鞋厂上班了，为了多拿点钱，她没日没夜地做；再后来我们一家七口响应国家的号召，被疏散到轮台，那是祖国西北边陲的一个县城。那时你哥十二岁，（他指着小弟弟）你才两岁，我们举目无亲，语言不通，一点安全感都没有，只好辗转着回了老家，从碗筷买起。你妈妈凭自己的一双手支持你们姊妹五个一个一个地娶的娶嫁的嫁，该做的做完，她也老了，她就是这样忙碌了一生，毫不夸张地说，她没吃得一顿安心饭，没穿过一件称心衣……

父亲开始沉默，母亲去世后，父亲坚持把母亲的遗像放在窗前茶几上十几年，每每劳累时、临睡时、伤心时、高兴时总要看上一眼，每逢母亲忌日，他不看报，不看电视，休息一天，他是不是以这种方式表达他对母亲的思恋，抑或歉意？父亲停了好一会儿才说："我说对得起她，是因为我对她是忠心的，是专一的。我在口岸中学上高中时有个女同学对我特别好，腊月里队里大姑娘小媳妇一起在我们家门口排练秧歌准备元宵节的节目，女同学能歌善舞，每天晚上都走很远的路过来帮助排练。有一次排练完我送她时我告诉她，我已经有未婚妻了。她以后就再也没来过。我从新疆回来后一个同学曾告诉我，在上海找到了女同学的单位，问我可想去叙旧，我婉言谢绝了，我怕去了你妈知道了会伤心，我们的一生平平淡淡，也许在物质上我亏欠她太多，但在情感上我没有亏欠她。"父亲最后这句话说得很坚定，为了强调语气他加上了一个手势。我看向父亲，他脸色平静，神情淡然，这是经历人生考验之后的一种坦然呢，还是站到了人生高度的一种释然？

我想起了我身边的那些人，有的是父母之命媒妁之言，却很幸福，而有的是自由恋爱后结婚，照理说会幸福吧，可惜的是也未必如别人所想的那样幸福，现在听了父亲的这些话，我恍然大悟，原来婚姻幸福与否与牵线形式无多大的关系，婚姻里的当事人有责任感和使命感才是最最重要的啊！

邻居家的小米音箱又开始播放《最浪漫的事》："我能想到最浪漫的事，就是和你一起慢慢变老，一路上收藏点点滴滴的欢笑，留到以后坐着轮椅慢慢聊……"命运弄人，能跟父亲聊最浪漫的事的不是母亲，而是我们，在这样一个多愁善感的秋天，一个思绪缠绵的雨季。我们暂停了说话，各自想起了心事。

怀念外婆

外婆姓赵名凤英，光绪年间生于田河一个大户人家。听母亲说，外婆的父亲是举人出身，当初外婆的祖母听说儿子中了举人，高兴得发了疯，把马桶盖顶在头上到处跑，逢人便说"我儿子中了举了"。外婆从不把自己当成个千金小姐，嫁到外公家后，堂前教子，床前相夫，勤俭持家，任劳任怨，加上乐善好施，在左邻右舍中有很好的口碑。

第一次见到外婆时我七岁，那时母亲刚把我从新疆送回老家——泰兴口岸。母亲指着一个六十几岁的老奶奶说："快叫外婆！"我躲在母亲身后，揪住母亲的衣角，好奇地盯着外婆看，彼时的她身穿黑色的衣服，裹着小脚，头后梳着个鬏，慈眉善目，我觉得眼前的这个老奶奶跟我和姐姐经常想象的外婆惊人地相似，但我就是不叫她。外婆走过来拉住我的手说："下次叫吧，来乖乖，先吃饭！"芋头大米粥，现在想来，那恐怕是外婆家当时最好的饭了，可吃惯了面食的我一点也不习惯，吃了两口就不吃了。外婆又忙着给我下面条，然后满头大汗地坐在一旁，笑嘻嘻地看着我吃。

外婆家是个大家庭，大舅妈一家、三舅舅一家、小舅舅和外公外婆，加上我共十一人。每天早上，外婆总是第一个起床，烧好一家人的早饭，因为是菜农，所以经常跟一帮妇女到地里剪菜，再挑到街上去卖。什么菜都有，春天是菠菜，夏天是茼蒿，秋天是雪里蕻，冬天是萝卜。外婆喜欢用一个大瓷杯子盛上粥带到地里，趁空闲时喝上几口。回来以后还要喂猪，晚上在昏暗的煤油灯下纺棉花。外婆常把老丝瓜藤、老南瓜藤、扁豆藤割下来扎成一小把一小把的，放在屋前晒干，留着烧饭用；把老丝瓜剥去皮，切成一段一段的，用来洗碗，洗澡；用山芋渣、萝卜渣煮饭；在路边、河岸种上我们这里叫作"麻"的一种植物，秋天把麻割下来捻成丝，冬天请机匠织成布，这种布叫作"家织布"，有铜钱那么厚，结实，透气，考究的人家还将它染上色，做衣服，做蚊帐。在外婆的精心打理下，一家人的日子倒也过得充实而有滋味。

在外婆家住了不到一个月，我便和外婆好上了，外婆什么事总叫我：

"江江，去买一瓶醋！"

"江江，去买一打火柴！"

每每这时，我便怀揣外婆给的钱，蹦蹦跳跳地去往离外婆家不远的陈太昌酱品店。酱品店不大，一间朝南门面房，里面是一个曲尺形柜台，西边卖酱油、醋、酱，酱是用干荷叶包着递给买家的；东边卖糖、香烟、甜品什么的。我喜欢吃重口味的，对酸辣不拒绝，常常是还没到家，醋便被我喝去一些，这种情况外婆知道，但从不说破。每次找回的一分二分零钱，外婆也总奖给我，我便将它们压在席子下面，时间长了，就用攒下的钱给外婆买最便宜的烟，想不到外婆逢人便夸："江江懂事！"

我出生在北方，对南方的暖湿气候很不适应，回家不久浑身便生了脓疱疮，抓了又疼，不抓又痒。每天晚上，外婆用棉花蘸上碘酒给我洗，然后涂上药膏，晚上刚换的一身衣服到第二天早上便如硬骨纸一般，从身上脱下，如同撕下一层皮，痛得我龇牙咧嘴，外婆总是边脱边哄："好了乖乖，咱不哭！"然后，跪在屋后狭长的青石板上洗衣，用木槌捶打，再挂在屋前的竹竿上晾干，等我晚上再穿。

冬天的晚上，天寒地冻，西北风吹得枯树枝呜呜地响，我早早地吃过晚饭，钻在被窝里看外婆纺棉花，听外婆讲故事：

"今天腊月十六，还有十四天就过年了，豆腐还没磨，明天给你去拿鞋，不知道做好没有。"然后就唱：

> 年来了，
> 是冤家，
> 儿要帽子女要花，
> 奶奶要个糯米大糍粑！
> 唉，当家三年狗都嫌哦！

"乖乖，我这辈子怕是见不到你大舅舅了，我和你外公可没少受他的累啊，特别是你外公，戴高帽子游街，作孽呀！"外婆一生生了十三个孩子，"收住"（养大）八个，四男四女，所说的大舅叫薛伯南，是她最大的孩子，1949 年解放战争后，大舅抛下妻子和襁褓中的儿子跟随蒋介石去了台湾，从此杳无音信。大舅舅成了外婆心中永远的痛，生活再苦再穷，她也从不要大舅妈承担她和外公的生活费用，跟三媳妇、小媳妇偶尔有点"过急"，但跟这个大媳妇从来没有红过脸，没有高声言语过。

第二年春天，妈妈、爸爸、姐姐和哥哥都从新疆回来了，我家老屋也收拾好了，妈妈来接我回家。外婆送了我们很远，不断叮嘱："乖乖，有空来耍子啊！"我一步三回头，依依不舍地跟母亲回去了。

秋天是收获的季节，也是一年中最忙的时候，"三春不抵一秋忙"。秋蚕要上山了，采桑叶、喂食、换网、消毒占去了母亲所有的时间，冬小麦要下种，自留地里的山芋要扒，山芋藤要剁碎泡在缸里给猪做冬饲料，这些活仅靠放了几天忙假的父亲显然是做不来的，母亲急得不行。不想这事给外婆知道了，她一大早就到了我家，拿起镰刀和钉耙到田里割山芋藤扒山芋，晚上还要剁山芋藤。母亲拗不过，只好依她了。外婆先在一张高点的凳子上点盏罩儿灯，自己坐在一张小凳上，拿一块木板垫在地上，就开始工作了。碎山芋藤一开始像只馒头，一会儿像只倒扣着的锅，等我写完作业时，已像小山了。母亲热了中午的小米饭叫我端给外婆，外婆吃了两口，笑着说："乖乖，这饭我吃起来像是生的！"是呀，外婆的"饭牙"已经掉光，吃饭只能用门牙，外婆的嘴不停地努着，可碗里的饭却没见少。月光如水，风轻云淡，我端详着外婆：满头银发，一脸皱纹，我可亲可敬的外婆！

外婆年老时记忆力很不好，她常给我们讲远在辽宁的二舅："四个舅舅里，就他最英俊，又能干。那年你舅爷爷问他去不去四川工作，他说，不要说四川，八川都去。你看如今混成这样，唉，离家三步远，各是一阵风啊，人啊，年轻的时候怎么总喜欢出去？"也念叨大舅："一头的疥疮，痒起来用蚌壳刮，乖乖，我刚才说的什么啊？"我们总是大笑一气后告诉她，可说不到三句又问："乖乖，我刚才说的什么啊？"这回我们都不笑了。我们多希望时光能倒流，还我们一个健康快乐的外婆！

外婆八十二岁寿终。外婆去世后的第二年春天，外公所谓的历史问题

108

得到了平反，三十几年杳无音信的大舅也从台湾回来了。白发苍苍的大舅找到外婆的坟，长跪不起，泪如雨下，引得众人无不动容。

外婆是个平凡的人，她一生没做什么轰轰烈烈的大事；外婆又是一个伟大的人，她用一生诠释了勤劳、善良和达观，而这种美德将使我终身受益！

愿外婆在地下安息！

永远的572弄4号

572弄4号在上海，是我已故的姑妈曾经居住的地方。姑妈姓陆名彬仪，是我父亲唯一的胞姐，比我父亲大六岁，如果在世的话，姑妈今年正好一百岁了。

我爷爷早年在地方上也是个名人，姑妈年轻时要风有风，要雨得雨，跟了我爷爷经常上街下乡的，见识多，有主见，街坊邻居爱叫她"张英儿"（我们这里对能干女子的代称）。后来爷爷奶奶早逝，又适值上海解放前夕，在那个动荡不安的年代，姑妈经历了太多的人生不幸，最后跟一位张姓先生结合，定居上海。

我对姑妈的记忆是从我弟弟出生开始的，由于妈妈在这个弟弟出生前连续生了两个女孩，弟弟的出世显然令姑妈十分高兴，她陆续地从上海寄过来小孩用的东西，包括全棉衣裤、全棉围兜、爽身粉，以及上海当时最好的奶粉等，这些东西确实为我当时不富裕的父母解了燃眉之急。

二十世纪五十年代，国际形势紧张，我所在的乌鲁木齐开始疏散人口，七十年代初，父母趁机回到了阔别多年的老家江苏泰兴。一天晚上我吃过晚饭正在房间里写作业，听见堂屋有人在抽泣，仔细一听，原来是姑妈，她边哭边对我父母说："这下我总算有家可以回了，这些年我就像浮萍一样没根没绊的，受了委屈想找个哭诉的地方都没有。今天下午我打开后门，终于远远地看见了我娘和爹的坟，心里难过啊！"爷爷奶奶的坟在我们家的八棵粗壮的白果树下，距离我们家的直线距离两百来米。姑妈看到爷爷奶奶的坟茔定是想到了承欢在他们膝下的快乐时光，比照眼下的孤独，心情难免低落。

刚回到老家的我们，除了祖留的六间空屋，什么都要置，锅碗瓢盆，镰刀钉耙。姑妈理解我父母的难处，虽然自己也只是服装厂的普通工人，但还是千方百计地接济我们：中秋节到了，早早地托人带回来那时候稀有的盒装月饼；要过年了，又早早地托人带来令伙伴们眼馋的大白兔奶糖；甚至把弄堂垃圾箱里别人丢弃的花圈竹篾也托人带回来给我们烧火做饭；换季的时候，姑妈又给已经进入青春期的姐姐捎来衣服……这个时候，父亲总是叫我们给姑妈写信道谢："亲爱的姑妈，你好……"我不知道姑妈看到这些信心里是什么感受，但572弄4号，就是那个时候被我们记住的。我八岁那年，姑妈给我做了一件大红灯芯绒外衣，上面还绣了两只白色的兔子、几根黄色的萝卜和几丛绿色的青草，这件图案好看、颜色鲜艳的衣服令我欣喜若狂，穿着过了几个年。姑妈每次回来，也只是要吃辣椒，说越辣越好。母亲于是拣尖头辣椒炒肉丝给她吃，她一边辣得大汗淋漓，一边直喊过瘾。一次晚饭后，姑妈跟父亲说话，她可能知道了我父亲跟我母亲偶尔口角，我印象最深的是她说的这句话：夫妻两个合的一张脸，我们这么大的一个家庭，需要伯珍（我母亲的名字）这样的人来支撑门面，她一个大家闺秀十六岁嫁到我们陆家，吃苦受罪图的什么？你要理解和包容她啊！

暑假时姑妈也把我们接到上海玩。我十二岁那年暑假去了趟上海，那是我第一次去上海。那时姑妈已经退休，她带我和她孙女张伟一起去南京路，去外滩，去走亲戚，给我买衣服，剪上海女子的新潮发型。每天早上，姑妈给我和张伟钱，叫我们去门口食堂吃早饭，她自己买菜、烧饭、洗衣服、搞卫生。午睡后，给我和张伟每人一支雪糕。姑妈还给我和张伟零花钱，我们到弄堂口小店买杨梅吃，那杨梅用牛皮纸包着，入口先咸后酸再甜，很好吃。晚上，她拿小板凳坐在拐角口乘凉，我和张伟则去离她不远的地方看电视。姑妈给我买的新衣服偶尔也让张伟先穿一次，但我不计较。半个月后，我回家了，因为我看到姑妈跟姑父吵架害怕。

姑妈是个幽默善良的人。她到哪里哪里就有了欢声笑语。那时我们家养了一条狼狗，白底黑花的，一家子坐天井里吃晚饭时姑妈笑着说："瘟狗，我还以为是谁的花褂子掉地上了。"我们哈哈大笑。小弟弟吃饭时哑巴着小嘴，姑妈笑着说："看看我们家的小揽子（彼时到河底采河泥用的工具），慢点吃！"我们都把目光投向小弟，咧着嘴笑。小弟弟见我们看着他，莫名其妙地看着大家，呆萌的样子甚是可爱。有一次姑妈小恙住院，邻床的病人是位男士，姑妈说的每句话都令他发笑，有时笑得不好意思了，就躲在他老婆身后笑。没几天男士就病好出院了，是姑妈间接地给他治好了病吧？我那时上二年级，姑妈每次回来总叫我给她洗手帕和袜子，姑妈的袜子是透明的丝袜，白白的手帕上红绿点点的图案惹我眼馋，我忍不住偷一块两块，姑妈知道，但不说。

1976年，由于劳累过度，父亲患上了肝病，姑妈立即送父亲去上海中山医院住院治疗。那段时间，姑妈一个人从医院到家里无数次来回，从骨头汤到鱼汤无数次端送。两个月后，妈妈去接白白胖胖的父亲出院，父亲的肝病从此一去不返。

1984 年，姑妈脑出血在上海去世。父亲母亲前去吊唁。追思会上，母亲哭成了泪人，张伟也躺在地上打着滚哭。姑妈去世后，姑父与我们少了联系，两年后，姑父去世，上海那边再也没有音信。

后来听我父母说，姑妈一生未育，那个张伟是姑父和前妻的孙女。姑妈去世后，母亲曾去姑父老家蒋干桥看了一下姑妈的墓地，姑妈的坟孤孤单单的，周围长满了野草。三年前，大弟弟出差去上海，特意去了趟 572 弄 4 号，说没进门，模样与小时候所见大抵相同。我和姐姐约了几次，想去上海姑妈旧居看看，但终因各种原因一直未能成行。其实，去与不去，这 572 弄 4 号，早已封存于我们的内心深处了。

太阳雨

　　星期六下午来女浴室洗澡的人寥寥无几，那边角落里的两个大概是学生，正一边洗一边咕咕啾啾地谈着学校里的事，左边是一对母女，小女孩正用肉嘟嘟的小手接着淋蓬头洒下来的水大声叫着："妈妈，这水像是从太阳上下来的!"银铃似的童音在空旷的淋浴房里显得格外悦耳。淋浴房门口，一个披着大红浴巾、交叉着手臂、倚门站着的女人正跟靠近门口的一位正冲洗着满头"大波浪"的女士大声地聊着："昨天可把我吓死了，一个女的洗着洗着一跤跌倒就不省人事了，我们七手八脚把她搭到外面椅子上躺下，灌水的灌水，掐人中的掐人中，还好后来没事了，晕堂子的哦!""哦，是怪吓人的!""知道不? 老家对门的周老太眼睛瞎了，自从她儿子死后，整天哭，也难怪，那么孝顺的儿子，打灯笼也难找啊!""嗯哪!""豆油今天又涨价了。""哦，我还好叫我们当家的昨天打了十斤，呵呵!"

　　"请让让吧，让让吧!"

　　红浴巾忙闪到一边，一位中年妇女正搀着一个老太太慢慢走了进来，大波浪忙让开："老人家，就在这里洗吧，里面闷呢，你恐怕吃不消。"说话间，红浴巾已端来一张凳子："对，来，坐着洗!""谢谢啦!"中年妇女递过来一个微笑。"客气啥? 这位是……""我妈!""有七十了吧!""七十五了！""哦！"中年妇女把放着毛巾和洗发水的篮子挂在墙上的钩子上，转身扶老太到门口的淋蓬头下："先冲冲吧，冲热了再洗，别冻着！"自己忙忙地洗着。"待会儿给我妈擦个背吧！"中年妇女对红浴巾说。"不要，不要，我不要！"老太太忙摇手。"那还是我来吧！"中年妇女先自己洗完，再把擦澡巾套在手上，从脖子上开始给老太太慢慢地擦：

"疼吗？疼的话你告诉我啊！"

"我们还是跟上次一样，最后洗头啊，这样你会舒服些！"

"你头晕吗？要不要出去歇会？"

"你摸摸，这么多小泥条，还不来洗呢，呵呵！"

"我带了两瓶酸奶、两个橘子，待会儿上去我们一人一份。"

"你头发又好剪了！"

红浴巾已经给大波浪擦完背，在浴巾上抹上香皂，放在淋蓬头下搓洗："你妈真福气，生了你这样的好女儿！""怎么说呢，太阳从家家门前过啊，小时候，父母是我们的太阳，长大后，我们就是父母的太阳了啊！"说话间中年妇女已给老太太洗完，自己跑去拿了一条大浴巾来，裹住老太太，又慢慢地朝穿衣间走去。

大波浪忙叫过红浴巾："看见那中年妇女了吗？刚搬到我楼下的，乳腺癌晚期了，她妈妈还不知道呢！"我心里一惊，胡乱洗完忙忙地走向穿衣间。老太太已穿好里面的衣服，正坐在沙发上悠闲地喝着酸奶，那中年妇女圆圆的脸红红的，正一边穿着衣服，一边不时地瞅一眼老太太，我忽然觉得，那眼神，美得叫人窒息！

也是一种爱

降温了，跟昨天相比，温差近十度，虽然加了衣服，但依然感觉冷。下课了，门一开，一股冷风直往领口钻。我缩着脖子，走向楼梯口的办公室，远远地，又看见那个男子。

其实去年一开学，我就发现了他，他刚上七年级的孙子的教室就在我办公室对面，仅隔了一个很窄的过道。我经常见他站在孙子教室门外等，也经常见他在下雨下雪天抱着比他矮不了多少的孙子小心翼翼地跨上台阶，艰难地走向教室。他一会儿看前面的路，一会儿看脚下的路，吃力地经过很长的过道进教室。因为他孙子不在我班上，也因为我确实每天忙忙碌碌的，竟没跟他说过话。

今天，男子和往常一样，手插裤兜，人靠墙上，脸朝向孙子的教室，初一初二下了课的男生女生蹦蹦跳跳从他面前经过，也动摇不了他专注的目光。他面前放着一辆自制的手推车，这推车跟教室里的座椅一般大小，垫子是格子布的，看上去已有好多年了，椅子边上的布已经磨损。男子不在这里的时候，这辆推车放在旁边的楼梯下面，他来的时候，再从楼梯下取出。他在等他的孙子下课，带孙子上厕所或者回家。为了不影响孙子上课，他通常靠在我们办公室门边的墙上，因为今年他孙子的教室跟我的办公室只一墙之隔。看着寒风中衣着单薄的男子，我不禁动了恻隐之心，打开办公室门的同时，扭头招呼他："进来等吧。"见孙子还没下课，他进来了，但不肯坐。我第一次认真打量了他：瘦削的脸，花白的头发，一件薄薄的夹克，一双半新的运动鞋。

我说："你每天来学校好多趟啊。"他说："早上送孙子来上学，中午送饭给他，晚上送晚饭，再接回家，中间上午下午大课间来接他上趟厕所，正常情况六趟。"他伸出右手做了一个"六"的手势，肯定地说。我问："孩子身体有什么问题？什么时候有的？"他说："肌无力。生下来就有了。"我有些后悔问这样的话，因为男子说这话时眼神有点灰暗，眼睛一直看着地面。也许在他看来，生了个这样的后代也不是什么值得炫耀的事。但是，我太想知道这孩子的情况了："难道没去看医生？""哪能不去呢，北京、上海、广州、南京……能去的地方都去过了，医生只检查，不给药也不给做手术……没办法，这个病连霍金都没能逃脱。"他直摇头。霍金我知道的。霍金二十一岁时不幸被诊断患有肌肉萎缩性侧索硬化症，即运动神经细胞病。当时，医生曾诊断他只能活两年，可他一直坚强地活了下来，还陆续写下了《时间简史》等世界名著，他来过中国三次。我说，也别灰心哦，霍金活到七十六岁呢，如今这高科技时代，你孙子今后好着呢！男子连连说，是呐是呐。说话时眼睛不住地往外瞟，我想他是怕错过孙子下课。

见孙子班上还没下课，我们继续聊："一直是你在照顾他吗？""一直都是我照顾，学校家里都是我。每天放晚学先到车库里吃饭做作业，然后再上去睡觉。以前家住三楼，上下楼都要抱着，这孩子以前又养得好，我还真的难抱，落下个腰疼的毛病。前不久买了个椅子，可以推着上下楼了。"男子眉眼里有欣慰，"他现在离不开我，我这么多年哪也不去，就照顾他。孩子也蛮争气的，学习不要我操心。"说着，指了指孙子教室门旁的光荣榜，我顺着他的手看过去，照片上是一个白白胖胖、虎头虎脑的小子。"哟，还名列前茅呢！"听了我的夸奖，男子脸上波澜不惊，他一定是一则以喜、一则以忧吧。"如果你有个头疼脑热的，谁照顾孙子呢？""他奶奶，但基本上我都能坚持。"我难以想象，一个老人，十几年如一日照顾这样的孙子有多难，但我肯定老人的内心足够强大。"你得保养好自己啊，将来享孙子的福。"男子的眼里有亮光闪过。

我想起了我以前教初一时班里一个叫包成的男生，高且壮，开家长会时他爷爷告诉我，包成的父母在包成四岁时就出去打工了，包成一直跟爷爷奶奶过，但看得出来，爷爷奶奶对包成教育得很好，孩子学习成绩和生活习惯都不错，心态也很阳光，一点看不出是个留守儿童。

人们通常喜欢歌颂如山的父爱和似水的母爱，却很少有人歌颂这样一种爱——祖辈之爱，一种发自内心、不图回报、心甘情愿而又视若至高的爱，这种爱又何尝不是一种纯洁无私的人间大爱呢！

又见园博园

与友人一起去泰州城，回头时，走了另一条路。这条路是新开辟的，路边新栽的香樟树上还缠了草绳，支了木架，刚栽的一些不知名的小草才刚刚落户新家，东倒西歪的，未成气候。忽然一座伞状的铁塔映入眼帘，这不是园博园的标志吗？我立即坐直了身子极目望去，果然看到了园博园的西大门！如同拨动了心里那根久藏的弦，我忽然无语。

那天，我们就是从园博园西大门进去的。我，还有我亲爱的父亲母亲！

想去园博园，并不是心血来潮，职称搞定之后，忽然觉得暂时轻松，也忽然觉得该多用点时间关心关心年迈的父母了，于是在一个晴朗的秋天，我们坐上了去园博园的车。

园博园位于泰州市周山河街区，毗邻国家级高新科技园区中国医药城，是第六届江苏省园艺博览会主题公园，简称"园博园"，是泰州市城市主轴上的绿核。但我们去得早了些，晨雾还没散去，人影还很稀少。路边的小草上滚动着晶莹的水滴，座椅上也是湿漉漉的，清洁工正打扫着卫生，不时用毛巾拭去座椅上的水。

汇聚全省十三个城市的园艺精品围绕着天德湖那五百亩的宽阔水面依次排开，犹如一幅幅美轮美奂的画卷。我们首先观看的是淮安的栖凤亭——

三棵铜铸梧桐树，玻璃叶面，不仅美观，还能遮风挡雨。传说凤凰"非梧桐不栖，非竹实不食，非清泉不饮"，淮安的设计理念与泰州"凤城"之称暗合，显示了园林设计师的匠心独运。我们接着观看了扬州的"三友观翠"、徐州的"落雨听琴"、宿迁的"柳溪渔隐"、连云港的"书庐深居"，以及南京的"平坡晓色"等。我搀着母亲在前面走，父亲跟在后面。我不时用仅有的知识积累向他们介绍着那些植物的名称，读着他们看不清的路边上的标语牌，讲述着自己的发现，随心所欲地抒发着自己的感想。我说这里不要门票，有条件的话，每天来走走，可惜太远；我说如果路边有商品房卖的话，我就去买一套，你们来住；我说路边如果有吃的地方就好了，我们玩累了就去吃，吃饱了再来玩；我说下次去泰州老街看看，还有凤城河，如果可以的话，我们还可以去天目湖，那里的风景更优美……在父母面前，我无拘无束。

走累了的时候，我们在一条座椅上休息。我拿出几天前就准备好了的东西：牛奶、面包、牛肉干、橘子、五香干、瓜子、薄荷糖，都是父母爱吃的，母亲拿出一张面纸铺开，让我们把垃圾放在上面，等我们都吃好了，又把纸卷起来，放到不远处的垃圾箱里。母亲很安静，她在我跟前一向是很听话的，母亲年轻时为我们吃了很多的苦，现在看着她一天天老去，我经常有种莫名的恐慌。看父母有点倦意，我建议在原地休息一会儿，他们同意了。我乘机给他们来了张合影。我又忙着拍小桥流水，拍路边一些叫不出名字的花花草草。再起身行走的时候，母亲说把背包给我背吧，这样我的背可以挺直些。路上母亲很少说话，爬山的时候，我感觉到母亲已力不从心，于是将近中午时分，我们返回。车上有一位妇女给母亲让了座，我充满感激地谢了她。下了车后,我们去了一个比较干净的小饭店吃了午饭,然后把父母送回了家。但我万万没想到的是那次竟是陪母亲第一次也是最后一次出游!

上周去上海,同样的目的地,却走了很长时间,正纳闷,司机告诉我,这条路是单行道,不好回头走,你打车时方向搞反了,所以多走了路。

忽然想到,人生也是一条单行道,开弓没有回头箭,它不会因你哪一段过得不如意不精彩而重新来过,也不会因你疏忽了哪个人而再给你机会,一切的一切,都在时间老人的掌控中如滚滚红尘,匆匆而去,留给世人诸多的感慨和遗憾。就像我,永远也没有孝敬母亲的机会了……

又见园博园,我感慨万千而泪如雨下!

第四辑　人间烟火

又闻燕呢喃

　　房子装修完的第二年春天，一对燕子悄然而至。我发现它们是在一个黄昏，正在庭院里打扫，忽闻鸟鸣，抬头循声，便见燕窝，不由心生雀跃。

　　那燕窝三零碗大小，紧贴在大门右上角。上半部颜色深些，是潮的，几根细细的草茎当风飘着，想是今天刚从哪块地里衔来的吧，我想。两只燕子则在门前电线上朝我叽叽喳喳地叫，是在打招呼，抑或是商量房租？我朝它们笑笑，心里说，全免了吧！

　　老家原来也有个燕窝，面盆大小，在第一进房的正梁上好多年了。每年春天，桃花灼灼、柳絮飞飞时，燕爸燕妈便从遥远的南方千里迢迢飞过来，而过了几个月后，便又南迁，但此一时非彼一时了，携家带口，浩浩荡荡，完全不是来时的模样。燕子在老家一住就是十几年。每天晚上，奶奶总要等燕子归巢，才肯关门。奶奶经常说，燕子是善鸟，燕子能来的人家肯定是好人家，我问奶奶什么是好人家，奶奶说，所谓的好人家，指的是心地善良、家庭和睦、环境整洁的人家，燕子是来这样的好人家送福报的。在那个缺吃少穿的年代，我感觉燕子并没能为我们解决什么问题，只是充实了我们贫乏的生活，多了些茶余饭后的谈资罢了。

　　眼前的这两只燕子的到来，还是让我惊喜了一回，那种惊喜是"何处营巢夏将半，茅檐烟里语双双"的惊喜和温馨。看着它们匆匆地飞进飞出，白色的衬衫，黑色的礼服，剪刀样的尾巴划过蓝蓝天际，心中陡升几分美感，几分诗意，默默祈祷这两只小精灵能带给我点儿什么好来。

燕子仍在筑巢，一口一口地衔泥，"翻风去每远，带雨归偏驶"。窝口也一天天地高起来，颜色深了浅，浅了深。当夜幕降临，华灯初上时，两只燕子便静静地依偎在它们的爱巢里，共度良宵。

转眼已到劳动节，气温回升，天气晴好。我一早晒鞋晒被。忽听鸟巢里有异样的声音，循声看去，只见燕窝边沿上多了几张黄黄的小嘴，这小嘴张得大大的，声音便是从那里传出的。啊，原来燕子有宝宝了！我踮着脚数了数，四张小嘴。不一会儿，燕爸燕妈回来了，盘旋一圈后迅速地把觅来的虫子极其温柔地塞进一只小嘴巴，又箭一般地飞走了。此后我发现燕爸燕妈再也不住燕窝了，它们总是站在门前电线上，休息、睡觉、看家，但似乎从来不停在廊下的不锈钢衣架上，不骚扰我晒的衣物，不管晴天还是雨天，这让我心底多了一丝感激。

田里布谷咕咕、院里杜鹃盛开的时候，小燕子也长大了些。它们像一群调皮的孩子，从窝里颤颤地爬出，耷拉着小小的翅膀，先是在门楣上歪歪扭扭地爬，继而飞到地面上，叽叽喳喳，蹦蹦跳跳，好不热闹。我想拍个视频，不想竟惊动了它们，它们惊惶地飞蹿，一只竟飞到水桶里去了，桶里水不多，但足以淹死一只小燕子，可怜的燕子只露出一个头在水里挣扎，我赶忙过去捞起它，小燕子冻得浑身发抖。我把它放在廊檐下有阳光的地方，见它还是站不稳，又拿来一块毛巾垫上，心想等羽毛干了，兴许就能飞了，或者，它爹娘看见，会来救它。果然，等晚上下班回来，小燕子已不在地上，我心中方才释然。

忙完中考，才想起好久没见燕子了。跑去一看，却是燕去巢空。想起院子里曾经的花香伴鸟语的小小的繁荣，不免怅然，但想到来年，心中又升起袅袅的希望。但事实并没我想象的那么美好：来年春天，燕子没来；来年的来年，燕子没来；时隔两年后的春天，燕子还是没来！我望着空空的燕巢，努力思考着其中的缘由：房子第一年装修，第二年燕子就来了，然后消失，它是不是喜新厌旧了？但这一想法很快便被我否定了，或者，它感觉东家不善，住在这里不安全……这个很有可能，因为我的一个小小的疏忽，误失了燕子对我的信任，亲手断送了小院的和谐美景，我后悔莫及！每每晾衣时、扫院时、照例喜欢抬头看看燕巢，若有所思，希望能发生奇迹。因为久没燕住，燕巢开始剥落，偶有麻雀占巢，常会扒拉下很多的鸟毛和泥土，燕巢越发破旧，有时我想扒掉它，但又不舍。

又是一年芳草绿。新冠疫情捆住了人们出行的双脚，我也多了好多时间照料花草。上周给瑞香、月季和杜鹃追了一次肥，这周它们就肥给我看了：瑞香嫩叶簇簇，生机盎然；月季叶肥华硕，花香袭人；而杜鹃，花繁色艳，喜气盈枝。正流连着，突然，一把"剪刀"从头上急速飞过，我的目光随影而行，竟惊奇地发现，燕巢里又住了两只燕子，揉揉眼睛仔细看看，没错，的确是两只燕子！它们没有喜新厌旧，它们确实不计前嫌，哇喔，这惹人怜爱的精灵！

又闻燕喃，一切无端的猜想顷刻化作泡影，我再一次喜出望外而心花怒放了！

本色

　　娇娇与我相识多年，她身为老板，但爱看书，心善，我敬慕她，一直跟她保持着联系。一次偶听她谈到她的父亲老焦，我竟来了兴趣，感谢娇娇，不仅解答了我所有的疑惑，还让我见到了老焦真人。

　　那次在娇娇店里，我终于等来了老焦。他个子不高，国字脸，浓眉下的一双眼睛叫人看了踏实。一番交谈后，我对老焦算是有了了解，同时心里也暗暗思忖，难怪娇娇这么优秀。

　　老焦，兴化人，因帮女儿娇娇经商定居高港十多年，算得上半个高港人了。老焦的大大毕业于黄埔军校，叔叔参加过抗美援朝，老焦的大哥二十岁当兵，二十一岁入党，1964 年，被中国政府派往越南，维护中国南部边境的安全，支援越南人民的抗美救国斗争，1972 年二十九岁时光荣牺牲。这一切老焦耳濡目染，刻骨铭心，他认为，好男儿不去疆场确是人生憾事，于是，当一名海军，穿上海魂衫，保卫祖国的海疆这一梦想从小就牢牢地植根于他的心灵。那一年，老焦好不容易应征海军，梦里笑醒好几次，但是母亲死活不同意，她知道战争的残酷，怕这唯一幸存的儿子也像大儿子一样一去不返……无奈忠孝难全，老焦忍痛割爱，去砖瓦厂当了一名工人。

老焦勤快好学，服从分工，加上进厂前当过民兵排长和村副业会计，有比较扎实的沟通能力，第二年便当上了车间主任，后来又担任保管员兼后勤工作。保管员的主要任务是管理砖瓦厂的那些半成品，是个苦差事，比如平瓦土坯经不得风，特别是晴天，风一吹平瓦就开裂，一开裂就宣告报废，所以得时刻提高警惕，一有风便用草垫或芦席盖上，平瓦土坯还经不得潮，一遇水便会变形，娇嫩得很。老焦看风防风，见雨挡雨，每天二十四小时不离岗。1978年老焦结婚，筹备新房、宴请亲朋、夫妻回门总共请了三天假。身边不少人嫌苦都跑了，老焦却坚持下来，一干就是几十年。

老焦的敬业和厚道被区委进驻厂里的工作组成员发现并赏识，发展老焦入了党。1976年，老焦在党旗下宣誓：拥护党的纲领，遵守党的章程，履行党员义务，执行党的决定……1977年，老焦被评为"农业学大寨，工业学大庆"劳动模范，1987年到1989年，连续三年被评为乡里模范党员，1990年到2000年，老焦担任厂总保管员，同年被评为乡模范保管员。1987年，老焦光荣地当选为兴化市人大代表。老焦在职二十八年，得奖无数，家里抽屉里塞满了各种荣誉证书，但他从不拿出来显摆，更不以此要求组织照顾。

按工资比例，老焦每年党费十几元，以前在职时直接交组织，如今退休后身在高港，离家远了，但交党费从不含糊。早上五点起床吃完早饭，步行到扬子江路站台，坐1路公交车到泰州南站，再转乘班车到兴化总站，最后乘238路车到东倪村老家，全程四个小时左右，每年风雨无阻。女儿看他这么大年纪辛苦不说，往返也不安全，说我给你用转账的方式代交吧。老焦不肯，说那样太随便，交党费哪是儿戏！

2019年1月1日，在习近平总书记"全党要来一个大学习""推动建设学习大国"指示下，由中宣部主管的"学习强国"学习平台正式上线，平台学习资源丰富，学习方式新颖，对全体党员无疑是一件好事，但老焦犯了愁，因为他只会用老人机，无法登陆参与，整日愁眉苦脸。还是女儿了解他，带他买了智能手机，手把手教他操作，老焦只有小学文化程度，学习的过程很辛苦，女儿前面教的，他马上就忘了，只得反复温习。如今，老焦已能熟练地操作智能手机，看新闻，刷朋友圈，更重要的是习惯在每天晚上十二点登录学习强国，做题目，每次要求自己得分不低于 25 分，看到自己已经累计的 43333 分，老焦比中彩票还高兴！

老焦现在虽然人不在兴化，却时刻关注着家乡的动态，积极参加支部活动，有事只要一个电话，他立马回乡。2021 年，老焦接到村里的电话，原来是兴化市政府积极落实中国共产党第十六届五中全会通过的《"十一五"规划纲要建议》，大力进行社会主义新农村建设，需要拆除他们家的一个破败的猪圈。说起这个猪圈，老焦还跟女儿闹过分歧。猪圈早就不养猪了，占着地方挺可惜的，女儿建议把猪圈拆了，种点花草蔬菜，老焦坚决不同意，说以后有机会养猪的话再建麻烦。现在村里要求拆，老焦二话不说，立马赶回。见到老焦回来，有人叫他跟政府抬价，趁机捞一把，老焦什么也没说，默默地把房里的东西搬走，跟工作人员说，拆吧。

老焦 1953 年生，今年正好七十岁。家人想给他好好庆贺，毕竟"人生七十古来稀"，况且老焦这么多年来从没有给自己做过大寿。老焦摇手，很认真地说不做了，一怕浪费，二是这疫情防控期间，不能给国家添乱。

如今的老焦除血压略高，其他一切正常，不抽烟不打牌，偶尔小酌。帮老婆做做饭，帮女儿们带带娃，也经常对他的女儿们进行党性教育，日子也就这么一天天过去了。问及做一名党员亏不亏，他黝黑的国字脸上露出憨厚的微笑：万物得有个头，中国共产党是我唯一信任的政党，听党话、跟党走，是一个党员最起码的觉悟，我这一生以做一名党员为荣。

从老焦身上，我看到了一名共产党员的本色，看到了国家的希望。俄国作家冈察洛夫说过：人没有信仰，就变成了行尸走肉；如果信念的热力不能使心灵感到温暖，那定谈不上什么幸福。那么老焦，祝你幸福！

1976 年的地震

公元 1976 年 7 月 28 日,北京时间凌晨 3 时 42 分 53.8 秒,唐山发生了 7.8 级地震,24.2 万多人死亡,交通、供水、供电、通信全部中断,直接经济损失达 100 亿元,一座拥有百万人口的工业城市瞬间被夷为平地。我们是从广播里听到这消息的,震惊的同时也感到庆幸,因为我们地处长江中下游,地震的概率极其小。不料几天后生产队长陆凤鸣就挨家挨户地通知大家搭建防震棚,所有人必须居住到防震棚里,防震抗震。

搭建防震棚最好的地方就是竹林,因为竹子盘根错节,地面不会开裂,大家都想找一块这样的地方。幸运得很,我家屋后就是一片竹林,竹子不是很粗大,但每年做做篮子淘箩、簸箕竹匾,倒也绰绰有余,偶尔还为出嫁的姑娘提供两根撑帐子的竹竿,为过年掸尘的人家提供一些竹枝,现在,它成了搭建防震棚的理想地点。邻居黄翠兰也想把防震棚搭在我家后面,母亲毫不犹豫地答应了。因为我们家人多,除了在屋后搭建了一个牛皮夹样的防震棚,还在屋前场上搭建了一个比较大的长方形的防震棚。先用几根粗点的木棒做架子,再用塑料薄膜严严地盖住,再在薄膜上面盖上稻草。长方形的防震棚就像屋子,里面可以放床、办公桌和家具,住进去比较舒服,但牛皮夹样的就不一样了,里面的地上也铺上稻草,稻草上再铺上褥子,只可以在里面睡觉，看书必须把头伸到外面。

防震棚搭好后，就是备战备荒了。父亲备了好几把手电筒，每张床上放一把，又把缸里挑满水，说地震后水是不能喝的。母亲忙着炒盐豆和焦屑。这焦屑是个好东西，既可以干吃，又可以用水泡着吃，方便又充饥。平时只有四夏大忙的时候，新麦刚收上来，地里开始放水排田、扯秧栽秧了，人手忙不过来，母亲才炒点焦屑，放在家里。盐豆，就是把家里的蚕豆、黄豆、扁豆炒熟，里面放上盐，当小菜吃，但我们总喜欢偷偷地装进口袋，带到学校吃。防震棚搭好的第二天，队长陆凤鸣又挨家挨户通知，说今晚要地震，大家都必须睡在防震棚里，做好一级战斗准备。我们可紧张了，一吃过晚饭，便都乖乖地在外面玩，不敢进屋。大约晚上九点，"呜——呜——呜——"的警报声响起，广播里响起了急促的声音："各位社员注意，各位社员注意，请大家立刻进防震棚，请大家立刻进防震棚，马上就要地震，马上就要地震！"一时间，大人呼叫小孩的声音，孩子害怕得哭叫的声音，人们互相提醒的声音，狗叫声，搬东西声，一片混乱！父亲叫我们姐妹五个都坐在防震棚里不要乱动，嘱咐我们不管遇到什么情况都不要走散，把手电筒拿在手上，一切听他的。我们都不敢说话，抖抖地坐着，听着一遍又一遍的警报声。好久，没动静，再等，还是没动静。队里胆大的开始出来走动，骂骂咧咧地说着话，不久，我们就和衣睡着了。到第二天早上，都没有险情发生。但队长陆凤鸣说了，还必须住在防震棚里，谁违反，谁负责。我们把锅台搭外面，露天吃饭，露天活动，只有睡觉时，才钻进"牛皮夹"。我喜欢把头伸出防震棚外，看一会儿书，看累了，再睡。

转眼已到丹桂飘香的九月开学季。我们到了学校才知道，今年为防震抗震，学校安排我们在教室外面上课。学校西面操场南面有一片高大的银杏树，每棵得两三个人才能合抱过来，浓荫覆盖，清爽宜人。我们也像在教室里面一样按组坐好，将黑板靠在前面一棵大银杏树干上。印象最深的是杜承忠老师给我们上语文课，有人在下面吃东西，他不点名地批评："有人嘴里嚼咕嚼咕的呢！"后来已近冬天，气温下降，天气反复无常，无法正常上课，才将班分散到各个生产队。当时的班级是按学区划分的，我班学生主要来自蔡滩大队、虹桥大队与合乐大队。我所在的班级被分到了蔡滩大队十三圩生产队。这是一个紧靠着南官河的生产队，有几十户人家。我们的教室在生产队的最南头。教室前面是一条东西贯通的河，河对岸是一家不怎么景气的造船厂，教室后面是队员陆兴江家的住宅，左面是农田，右面就是南官河。相对而言，环境比较安静。教室地面是泥地，这里原是农田，稍加平整，显得凹凸不平。四面用挖墒挖出来的大泥块码成一人高，其余用塑料薄膜围住；屋顶也是先用塑料薄膜盖住，再用稻草苫住。这样的教室很不关风，冬天西北风能从大泥块的缝隙吹进来，呜呜地响，风大的时候，还能把屋顶的稻草吹走，那情景真像杜甫的诗："八月秋高风怒号，卷我屋上三重茅，茅飞渡河洒江郊，高者挂罥长林梢，下者飘转沉塘坳……"一下雨，屋漏如麻，光线昏暗，阴气逼人。如厕需绕过一座桥，到河对岸的船厂里去，很是不便。几十张破烂的桌子，前面两根粗木棍支起一块黑板，实在不是理想的学习场所。

我们每天上四节课，永远都是语文和数学。教语文兼做班主任的是张美玲老师，矮矮的，胖胖的，很和蔼。张老师家离教室很近，几条田埂就到了，我想学校之所以把我们的语文老师由杜承忠换成张美玲，可能就是兼顾到了这一点吧。教数学的是李贵祥老师。实在记不得语文所学内容，依稀记得数学学的是有理数，李老师讲有理数有板有眼，写的根号很规范，很清秀。那时我们作业也做得少，因为老师没有时间改。下课没什么好玩的，常做的游戏是挤麻油，就这还要看地上有没有化冻，以免把衣服鞋子弄脏。偶尔，班主任还把我们带到附近的生产队劳动。印象最深的是栽秧。几十个同学排成一行，开始栽秧。栽得快的毕竟是少数，因为大多数学生在家是不经常参加劳动的，不一会儿，胜负尽显。也有的同学贪多图快，栽了不少的游秧。

记得有一次，我们和李贵祥老师回家同路，那时的李老师三十岁左右吧，很儒雅。他给我们讲"学好数理化，走遍天下都不怕"，要我们重视数理化；他指着路边的蓖麻，给我们讲蓖麻油的独特作用，他还迈着轻快的步子给我们唱《洪湖水，浪打浪》："洪湖水呀，浪打浪呀，洪湖岸边是家乡呀……"我们第一次知道李老师也能唱这么好听的歌，印象特别深刻。

住防震棚的日子转眼已过去了几十年，我们没记住受了哪些苦，但记住了快乐，且终身难忘。

多吃了一只梨

　　早上起来去卫生间，突然头昏呕吐，腹痛难忍，心跳加快，大汗淋漓而几近休克。扶着墙重回卧室躺下，心想着休息一会儿就好，不想腹痛一阵比一阵厉害。我蜷缩在床上龇牙咧嘴，痛苦呻吟。今天不能去上班了，课呢？我赶紧打电话给单位，请完假又躺下。

　　忽听有人敲门，捂着肚子去开门，是弟弟，我已经连说话的力气都没有。弟弟说："我到同事家有事，路过，顺便来玩……你怎么了？"我已直不起腰来，伏在桌子上耳语一般地说："肚子疼。""都这样了，咋不去医院？他呢？""上班了。"弟弟立即打电话叫朋友开车过来，等车的过程中帮我收拾了一下，然后一起坐车去了医院。

　　挂号、排队看病。内科医生仔细地问："哪里疼？昨晚吃什么了？"我极力回忆着，昨晚……我想起来了。昨天晚饭后，我削了三只梨，先生一只，我一只，女儿一只，可女儿表示不吃，但梨已经削了，为了不浪费，我多吃了一只……对，昨晚就多吃了一只梨。医生说，以前有类似的情况吗？我想了一会儿说没有。医生说，那做个胃镜吧。弟弟又去排队缴费，因为医院正在重建中，没有电梯，只得楼上楼下地跑，弟弟累得淌汗。做完胃镜，医生告诉我，没什么大问题。弟弟又跑到一楼拿药，再跑到二楼带我挂水。当弟弟汗涔涔地扶我到二楼输液处时，已是上午十点半。接待我们的是一个二十岁左右的女孩，她夸张而羞涩地朝我笑了一下说："躺那边床上挂吧，你脸色不好！"见我同意后，又拿过来一床被单，我躺上去，自我安慰着，等挂上水就会渐渐好起来的，这样想着竟迷迷糊糊地睡着了。见我睁开眼，那女孩朝我走来，依然是灿烂的微笑："好点了吧？"我虚弱地朝她点点头，她又说："我下班了，有事里面有人。"然后凑近我悄声说："回家后冲个澡，换身衣服再睡觉啊，这床上睡过的人多。"不知是因为挂了水，还是见了女孩的微笑，我突然觉得浑身轻松多了。弟弟告诉我，刚才内科医生来过，叫我转告你，叫你注意休息。

水到下午两点挂完。老公来接我回家，女儿端来了晾好的绿豆粥，又倒满了一杯水，晾着留我吃药。后来在扬子江工作的兰子送来几包胃舒冲剂，说要是严重的话一次冲两包喝，效果会好些，饭后一刻钟再喝。晚上九点多，父亲打来电话，我一边埋怨弟弟多嘴，一边告诉他好多了。父亲在电话那头反复叮咛，要按时吃药，注意休息。一向要强的我鼻子一阵酸酸的。

第二天去单位，不断有同事问好点没，我掩饰不住内心的感激连声说："好多了，好多了，谢谢，谢谢！"课间还有几个学生凑到办公室窗前，小声说："老师来了！"我眼前仿佛看见昨天的情形：我在电话里请完假，校长便安排教导处调课，不知道哪个任课老师忽然被点到，放下手上的工作替我上了课，而学生则满腹狐疑地看着来上课的老师，边收起语文书边小声嘀咕：

不是语文课嘛?

　　我从来不敢去考验人心,我怕看到不想看的人间百态而粉碎我内心预设的美好。可今天,不经意间,一只梨让我经历了这段过程,使我窥见了人性中闪光的一面。

　　感谢你——梨。

青菜豆腐饭

腊月二十四，是我们这里的民俗送灶的日子——送灶神赵王爷上天言好事，下界保平安。

记得小时候，每每到这一天，奶奶总是要挑家里最好的米做饭，还一定要做一道菜——青菜炒豆腐。先把豆腐切成四角见方的片，放在锅里用油煎得两面都黄黄的，抄起，再把绿绿的青菜放到锅里煸炒，然后放上同样绿绿的大蒜，倒进煎好的豆腐，再放上盐和味精，立马，一股香气就会从锅盖边上冒出，并很快弥漫开来，引得我和弟弟围着锅台，眼巴巴地望着奶奶忙来忙去，幻想着奶奶夹块豆腐送到我们嘴里，然后刮一下我们的鼻子："好吃鬼！"要是平常那可是一定的，但我们知道今天不行，得先供给赵王爷。只见奶奶先揭开锅盖，用家里最好的碗，盛上满满的一碗饭，上面再盖上青菜豆腐，恭恭敬敬地放到灶台上，嘴里还念念有词，虽然听不懂但我们知道，那是好话，是吉祥的话。然后，奶奶就为我们盛饭，我们便狼吞虎咽地吃起来。奶奶看着我们，笑着说："青菜豆腐饭，吃了保平安！"我们会觉得饭是香的，菜也是香的，隐隐约约感受到，年，终于在我们的期盼中来了！

奶奶去世后，家里腊月二十四除了吃青菜豆腐，还有青菜羊肉和慈姑烧猪肉，这可是我和弟弟一致要求的，我们的理由是青菜豆腐好像不如以前好吃了，再说，现在条件好了，可以把送灶饭的质量提高些，好让赵王爷上天去把真实情况反映反映。爸妈拗不过我们，改了。敬过赵王爷，一家人围坐在饭桌前，有说有笑地吃着饭，聊着天，享受着难得的天伦之乐。红红的羊肉、绿绿的青菜、白白的慈姑片上冒着袅袅热气，我们的欢声笑语也随风飘出门外，钻进沸沸扬扬的雪花里，一派瑞雪兆丰年的祥和气氛！

后来自己当家了，虽然腊月二十四不再敬供赵王爷了，但每到这天总还是要弄几样菜，一家人坐在一起吃。但孩子们现在又要求改了，他们不吃肉了，要吃火锅，说冬天到了，吃这东西既暖和又能吃出气氛，再说，省事。火锅就火锅吧。买来一只鸡，先用猛火烧开，然后用文火焖，等鸡肉烂了，再倒进火锅，然后再放进孩子们喜欢的香肠、面筋、鱼丸、蟹块、羊肉片、生菜、鸭血、粉条等，一家人围坐在一起，热火朝天地吃起来。窗外北风萧萧，室内热气腾腾，那情，那景，我敢保证，只要身在其中，一定连皇帝神仙都不羡慕呢！

如果你要问我们家现在腊月二十四吃什么，告诉你也不要紧，青菜豆腐饭！不要奇怪，理由是家人们说的：1.安全，菜是自己种的，豆腐是自己磨的，没有化肥农药，绝对的绿色食品；2.养生，大鱼大肉吃多了，肚子跟将军似的，行动不方便，吃饭得荤素搭配，科学；3.经济，做那么多饭菜，吃不掉既费时间又浪费粮食和钱，青菜豆腐饭省钱省事；4.图个吉利，青菜豆腐饭，吃了保平安嘛，谁不希望平安呐。

雨事

　　天就像一个做错了事的孩子，被雷爹一顿呵斥，失声痛哭，泪飞倾盆，渐哭渐止时雷娘过来一劝，又号啕起来，大概是想起了往日的伤心事，这一哭就没完没了了。

　　雨，终于来了！

　　在我们长江中下游平原，每年六七月份的东南季风带来太平洋暖湿气流，就会出现持续天阴有雨的气候，由于正是江南梅子的成熟期，故称为"梅雨"，梅雨季里空气湿度大、气温高、衣物等容易发霉，所以也有人把梅雨称为同音的"霉雨"。连绵多雨的梅雨季过后，天气开始正式进入炎热的夏季。

　　已经过了下午上班的高峰，街上的行人很少。偶尔一辆车呼啸而过，溅起一片雨花。"皓齿"牙庄的老板小李正躺在躺椅上优哉游哉地看着报纸，转业回家的小李赶上了好政策，用在部队学的一门技术开了家牙庄，由于诚实守信，技术过关，生意一直不错；"一品香"茶庄里，几个人正围坐在一起安安静静地打着纸牌，茶庄老板跟我是高中同学，那时就人缘特好，如今货源客源两旺，生意如鱼得水；"浪漫满屋"花房门口男女主人正各自依着一边门框，卿卿我我地聊着什么；超市里的女服务员们正扎堆聊着天——雨天绝对是服务业的淡季。

农村就是另外一种景象了。所有的花草树木经过这免费的雨水浴，越发地青翠精神了。稻田里的裂缝已经被雨水填满，水稻正张着嘴巴贪婪地喝着天赐的"圣水"，喝足了便扭起欢快的秧歌，唱着只有它们自己才听得懂的歌谣。几个穿雨衣或打雨伞的，拿了铁锹到自家田里打坝，以防"肥水外流"。俗话说："要吃稻，时水闹。"就是说，梅雨有利于水稻生长，梅雨季节水到位了，水稻丰收就有保障了。自留地里，有人在移栽瓜秧，辣椒、茄子、丝瓜、南瓜、黄瓜、香瓜等秧苗在这个时候移栽，成活率最高。

南官河里，水位陡涨，船身被抬起老高，有船民摇着小船，穿着雨衣在河边芦苇丛里用网捕鱼。多数情况下是空网，但一旦捕到，便是大鱼。也有人拿着淘箩在岸边渠道入河处等戏水鱼，戏水鱼喜欢逆流而上，是鱼中最有个性的。

农家小院里的走廊上，两个男人蹲在地上吸着烟，一边望着前面人家屋顶如烟的雨雾，一边有一搭没一搭地聊着："还愁今年梅雨天没雨呢，这不，来了！""梅雨后再来几个大热天一搁，今年稻子就有戏了！"跟着是几声咳嗽。屋子里可热闹了，五六个女人正在聊天，可都不闲着，有的织毛线，有的逗着小孩玩，有的剥着豆角，还有的搬着竹筛子在拣麦子里的杂物。她们聊孩子，聊老公，聊农事，聊自己，聊天没有什么固定的话题，提到哪里说到哪里，高兴起来了一阵放肆的哄笑，似乎能掀翻屋顶。雨天，她们用另一种方式享受着"闲"。

傍晚时分，雨停了，太阳露出了笑脸，空气也格外清新起来。蜻蜓在门前荷塘里飞来飞去，寻找着可意的小荷；青蛙们则在浑浊且泱泱的小河边呱呱呱地开起了音乐会；孩子们奔到村前的水泥路上惊呼着"彩虹"；烟筒里升起了袅袅的炊烟，诱人的红烧鱼边围烧饼的香味挑逗着每个人的味蕾……

真是好雨！

看戏

今晚有戏看。这是邻居春兰告诉我的。

不知从何时起，队里人爱上了看戏，每年春天菜花开放的时候都要请人唱戏。大家轮流坐庄，轮到哪家做东，戏组就把那家户主的名字写在台前小黑板上，戏前戏后还说上一大堆恭喜发财、四季平安等吉利话，每每这时，东家便拿出早准备好了的鞭炮，在场外放，顿时，噼里啪啦的鞭炮声和着咚咚锵锵的锣鼓声响成一片，好不热闹！

我到那里的时候，戏已经开场。虽然春寒料峭，但帐篷里看戏的还是很多，中老年人居多，年轻的少。那些不认识的可能是别的地方来的，怪不得大路边停了好多的车。来得早的抱着小孩前面坐着，来得晚的就在后面抄手站着。小孩子却不管，解开棉衣扣子在人群中、舞台上追闹，头上热气腾腾。春兰老远地向我招手，示意我过去，我挤过去，挨着她坐下。"山山！"有人叫，回头看，是大美："今天怎么没去打牌？""有戏看呢，戏比牌好看！"春兰咬我耳朵："这个戏班子我看过的。演得不丑。"春兰是我们这里出了名的戏迷，她经常骑上三轮车带上板凳到别的队或别的镇上去看戏，她说不丑一定是不丑了。

台上正在演出的节目是《分家》，小两口为分家时要爸爸还是要妈妈闹起了意见，最后是儿子的话让强势的妻子转变了态度，答应养爸爸。演员的服装大红大绿，脸上更是浓墨重彩，灯光下十分显眼，用的全是地地道道的地方话，口语，通俗易懂，听起来也十分亲切。采用的是说唱形式，说说唱唱，音响效果也很好，观众不时报以哄笑。

> 女白：我的婆婆他的妈，
>
> 今年正好六十八，
>
> 洗衣做饭种庄稼，
>
> 哪家的闲话都不插。
>
> 这样的妈妈他不养，
>
> 你说该不该打嘴巴。
>
> 女唱：你说该不该打嘴巴，
>
> 打呀么打嘴巴，打嘴巴！

女演员走到观众中，对着一位老奶奶问："奶奶，你说，这样的婆婆该不该养？"那位老奶奶连声说："该！该哟！"台上台下一阵大笑。

> 男白：她的公公我的爹（dia），
>
> 个子不高脾气大，
>
> 吃烟喝酒样样来，
>
> 麻将不嫌打得大。
>
> 吃饭只嫌吃得差，
>
> 做起活计来你看不见他。
>
> 但他是我的亲爹爹（dia），

我不养他谁养他！

　　男唱：我不养他谁养他，

　　　　　谁呀么谁养他，谁养他！

　　男演员走到观众中问一位老公公："老老，你说，这样的爹爹我该不该养？"老公公连说："该养！该养啊！"台上台下又一阵大笑。我发现春兰不笑，转头看她，她低着头，若有所思。后来一个节目是什么名字没听清楚，只见到了伤心处，春兰和周围几个女人抹起了泪。东家过来挨个发烟，又过来一个一个问茶。后来还演了几个节目，什么《傻丫头》，什么《十谢父母恩》，唱到《一更孤儿忙》时，春兰和身边的几个妇女来了兴致，小声跟唱起来。

　　这情景让我想起了小时候过年时的文娱活动，那时没电视，群众的娱乐就是看宣传队的表演抑或队里包场的电影。但那时的节目和电影也好，眼前的戏也好，它对群众的教育感染都是显而易见的。

偶遇

周六去邮政储蓄银行给父亲取工资，虽然有心去早了些，但前面还是排了好多人，取完号，我便在等候区找了个位置坐下。不一会儿，来了一对老夫妻，男士在前，拉着女士的手，女士孩子一样紧跟着。两人看上去都七十几岁了吧，都面色红润，精神矍铄，忍不住多看了几眼。哎，这不是我远房表姐和表姐夫吗？我叫了他们一声，没想到还真的是！

这表姐与我们没有来往，表姐的婆家和我是邻队，表姐的老公姓蒋，蒋先生年轻时就一直在上海工作，记得那时，堂姐每年总要在农闲时带上三个孩子去上海过几天，回来时也总是涂着口红穿着裙子，这身打扮不知道让多少年轻媳妇嫉妒得要死，背地里嚼舌头，但不管别人怎么说，表姐依然我行我素，不解释，也不为别人的观点左右。母亲在世的时候，偶尔也会谈到这位表姐，我也知道如今表姐夫已经退休，知道他们家已经拆迁，他们住在儿子家，凭着表姐夫不菲的退休金安享着晚年。

眼前的表姐依然保持着窈窕的身材，只是穿着打扮大不如前，黑色的裤子，黑底红花的长罩衫，满脸的皱纹，俨然一个农村的老太太。他们问我爸爸妈妈身体可好，多大年纪了，现在住在哪里。我一一告知并问他们，退休在家干些什么呢。姐夫说，这几天我在教她写自己的名字呢，万一哪天我走在前，她如果不会写自己的名字，到银行拿不出钱。表姐看我一眼，在旁边只是咧嘴笑着，不说话。

在我们长江中下游，六月就已经进入夏季了。那天我经过阳光超市，又看见表姐和表姐夫，表姐夫拉着表姐的手正在路边站台旁等公交。彼时正是午后两点，艳阳高照，热浪阵阵，两位老人站在暑气里吃得消吗？我停下车，拿了两瓶矿泉水朝他们走去。老远，表姐就看见了我，朝我笑，我递上矿泉水，她连忙说，不要不要，我们有呢，说着还真的从包里拿出两瓶给我看。我说，这么大热的天你们去哪儿，要不要我送？姐夫告诉我，他们每天早上出来，到早茶店吃完早饭，然后乘公交出行。他拿出挂在胸前的老年卡晃了晃，说凭这个坐车不给钱。想到哪下车就到哪下车，看看风景，逛逛商场，然后找个干净的小店点几个菜，解决午饭问题。吃完饭后，想逛呗就继续逛，不想逛呗就再乘公交车回。这不，我们刚从永安回头，转乘56路公交回家。我问，今天吃的什么？姐夫道，今天吃的肉圆，你姐喜欢吃的，她吃了两个呢。我看看堂姐，堂姐只是笑，不说话。

那天给父亲庆生，我请他吃蟹黄汤包，吃着早茶，想着刚刚过世的母亲，大家都很少说话。吃完出门正遇到表姐和表姐夫，原来他们也刚吃完早饭。他们好像也知道我母亲的事，姐夫对父亲道，像我们这把年纪的人要想开点，不是在这边多过两天就是在那边多过两天，我经常跟老太婆说，趁能吃，多吃点，趁能走，多走点。如果儿女说话不中听，你别怕，有我，我如果不能护你周全，娶你干吗呢？表姐只是拉着姐夫的手，像个孩子似的，笑着看看我们，不说话。

去年冬天，我送完孩子回头，老远就看见两个熟悉的身影，在向阳路边蹒跚而行，男的走路很慢，身体僵直，靠女的拉着向前移动。男的戴一顶雷锋帽，女的裹着一条红头巾，都穿得很臃肿，正是早班高峰时期，摩托车，汽车不时从他们身边呼啸而过，卷起一阵灰尘。我找了个车位，把车停好，走到他们跟前，发现是姐姐姐夫。我把他们引到路边的人行道上，告诉他们以后要走人行道。姐夫慢慢转过头，看了我一眼，他的棉衣领口敞着，眉毛胡须都很长。我说，这么冷的天，就在家里待着呗。姐夫说："这天还好，我刚退休那年，到一个煤矿上班，比这天冷多了，我棉衣都不穿，浑身有使不完的劲，现在这劲都不知道哪里去了。走个路吧，要把蚂蚁踩死；不走吧，在家待着就是等死，关键是我还不想死，想我年轻的时候挨了那么多的搞，好不容易享到今天的福，我想多过几天，我才九十岁……"姐夫一开口便滔滔不绝，虽然精神已大不如前，表姐在旁边偷偷向我摇手："别跟他说了，他现在一说话就死啊活的，不知道咋变得这样子。"我说你们吃饭没有。表姐说，吃过了，今天出来转一会儿就回家了。

　　我目送着他们的背影，有种说不出的凄凉。人总会终老，人老后应该怎样安排好自己的生活？我一开始挺羡慕表姐他们，但现在，我似乎改变看法了。

票友陶安贵

提到"陶安贵"这名字,高港人总会竖起大拇指:"呱呱叫的花脸!"的确,陶安贵唱花脸在家乡是出了名的:1986 年,陶安贵参加口岸镇首届卡拉 OK 大奖赛,凭一首《探皇陵》获戏剧类一等奖;1996 年被评为高港区"戏曲五佳";二十世纪八九十年代,口岸镇每年的春节团拜会,陶安贵的京剧是必不可少的;那年泰兴总工会组织文艺会演,他与许宁娜、季根合演《智斗》,他饰演胡传魁,被泰兴市的一位老领导赞赏:"到哪里找来的这演员,演得简直太像了!"

陶安贵,革命老区黄桥人。自幼爱唱戏曲。1978 年,越剧《红楼梦》在黄桥影剧院巡放,陶安贵几乎每场必到,以至于后来剧中唱段几乎全会。说话间,陶安贵轻轻哼唱起来:"我一生与诗稿做了闺中伴,与笔墨结成骨肉亲……"那时只要附近有散场电影,他都会赶去看,最远的地方到河失,往返几十公里,其实,陶安贵最爱唱的还是京剧,他对京剧的热爱,自十八岁时有样板戏开始。那时每天吃过晚饭,街前街后的几个京剧爱好者便不约而同地集合,大家在一起吹拉弹唱,共度他们的乘凉时光。大家自制手抄本,八个样板戏的手抄曲谱翻烂时,所有的唱段也牢牢地记住了。后来,陶安贵被分配到口岸船厂上班,下班后、节假日,他的主要事情依然是唱京剧。但那时，陶安贵对京剧也只是停留在喜爱的层面，而真正让陶安贵的京剧演唱水平有了质的飞跃的，是他遇到了师傅方其智。

方其智，原扬州京剧团琴师，1984年回到了祖籍口岸，陶安贵立即前往拜师。方其智先让陶安贵唱一段，陶安贵唱了《铡美案》，方其智见他嗓音洪亮，有板有眼，吐字刚劲有力，觉得是一块唱戏的好料，与他交谈，发现陶安贵会唱的曲谱多，说话落落大方，立即答应收徒。陶安贵欣喜若狂，于是只要不上班，都泡在师傅家，他发现师傅会拉的自己不一定会唱，而自己会唱的师傅全会拉，越发感觉到京剧的博大精深，对师傅也更崇拜了。师傅对陶安贵要求甚严，教他用共鸣腔，教他正确吐字，告诉他字有字头、字腹和字尾，唱戏要字正腔圆，要有韵味……有一次师傅教他唱《探皇陵》，当他唱到"开山府来了我定国王侯，先王爷晏了驾太子年幼，恨李良起反心谋篡龙楼，叫家将掌红灯龙凤阁走，见皇陵不由臣珠泪交流。……"时，师傅搁下京胡叫停，说："唱京剧要讲究京剧语言，'珠泪交流'的'珠'在这里是个上口字，应该念'jū'，重来！"陶安贵不泄气，反复练，直到掌握。就这样，陶安贵从样板戏开始过渡到古装戏，逐渐学会了更多优秀的京剧唱段，还学会了敲大锣、小锣、铙、板鼓，这期间，他还参加市区之间的联谊和交流，唱技也日益见长。

陶安贵还与时俱进，学会了上网，安装了QQ、YY，在网上排麦，与网友互动，跟大咖学唱，几年来，用坏了三部电脑、五个写字板，在全国有几十个喊"陶大哥"的网友，手机上下载的一百多个唱段也烂熟于心。如今陶安贵已年逾花甲，退休后打发时间的唯一方法就是唱京剧。他加入了高港区京剧联谊会，每逢周四与一帮票友聚聚，也经常参加高港区的惠民演出，戴着李勇奇那标志性的皮帽子，依然唱得很入戏。

2021 年，口岸京剧联谊会封箱，我有幸受邀参加，坐在陶安贵身边。知道我是老师，教语文的，他放下筷子，很认真地问："你们怎么给学生讲'国粹'？"我回答了几点，他可能不满意，告诉我，京剧在我国已有两百多年的历史，是全国最大的剧种，京剧是综合性很强的表演艺术，它的剧目经典与影响均为全国之最，所以京剧被称为"国粹"、被列为第一批国家级非物质文化遗产。他还告诉我，京剧角色可分为生、旦、净、末、丑，他最喜欢的是净这个行当……听他讲得头头是道，我提出给他写文章，他连连摇手："京剧艺术博大精深，我只懂得一点皮毛，不足挂齿，不足挂齿啊！"

有人曾问陶安贵为什么这么喜爱京剧，他总结了几点：1. 使自己心情快乐。他说，京剧是国粹，我喜欢京剧，我一唱京剧，似乎所有的烦恼都远离了我，我感到心情舒畅；2. 能锻炼身体。陶安贵认为唱歌是一种软气功，能增加肺活量，强身健体；3. 能丰富人生经历。陶安贵认为人生经历丰富的人一定是个智者，是一个热爱生活懂得感恩的人，但人生是短暂的，不可能事事体验到，而京剧能弥补这方面的不足，京剧里的每一个唱段都有一个小故事，能给人教育，令人警醒；4. 能广结善缘，积累社会经验，你看今天到场的人来自不同的行业，因为京剧结缘，大家在一起谈天说地，丰富了生活体验，增长了阅历……

陶安贵的网名"净魂"取自同名电视剧，他说，"净魂"就是干净的灵魂，我和电视剧中的京剧大师方荣翔一样，京剧，是此生独爱！

社保局来的周阿姨

下午，照例去父亲那边转转。开学以来，父亲身体状况不太好，渐渐消瘦，还不分白天和黑夜地吵着要出去，于是，我们做了分工，以保证父亲身边每天二十四小时不离人。

一进门，弟弟在烧水，见了我说，周阿姨马上就来。"哪个周阿姨？""社保局的周阿姨呀，上次才跟你说过，你忘啦！"哦，想起来了，年初，父亲家来了位周姓阿姨，自称社保局派来的，专门上门免费给父亲理发、剪指甲，每月一趟，临走留了她的电话号码，说有需求就打电话。天底下哪有这样的好事，难道天上真的掉馅饼啦？周阿姨一走，我九十五岁的父亲表示了十二分的不信任，说她是来骗钱的，不骗钱为什么要拍照。父亲现在对他的钱看得比较紧，一见我闲着就要我把他压在枕头下的钱包拿出来，一遍一遍地数里面的钱，那是他的退休金，他的养老钱，也是他的尊严所在。周阿姨第二次来的时候，父亲就不配合了，用被子蒙住脸不让周阿姨拍照认证，也不让剪指甲。弟弟怎么说都没用。周阿姨等了一会儿，走了。后来弟弟把这事告诉我，我想父亲是误会周阿姨了，说下次周阿姨来的话你告诉我。

按照周阿姨的吩咐，我们把父亲扶到轮椅上，把他的脚放在木桶里用温水泡，一会儿听见门响，弟弟说周阿姨来了。我抬眼朝房门口看去，便见一位女士，圆脸，短发，黑色的羽绒服，白色的裤子，白色的运动鞋，她朝我点头笑笑，我也朝她点头："你好，辛苦你啦。"我突然想到了什么，忙把周阿姨叫到门外，叫她把手机给我。她满脸疑惑。我说，把你给我父亲拍照的任务交给我吧，他不会怀疑我的。她恍然大悟，感激地朝我笑笑，立马打开手机调到拍照验证模式。我跑过去对着父亲说，笑一点。这招真管用，父亲果然露出了笑脸，我很快完成了验证，把手机偷偷还给了周阿姨。

因为昨天刚给父亲理了发，所以周阿姨先给父亲剪手指甲。只听得"嘎嘣"一声，周阿姨停下了，自言自语地说，指甲太厚了，小剪子断了，得换大点的。她一个指甲一个指甲地剪完又一个指甲一个指甲地磨，然后问父亲："看看合适不？"父亲用另一只手的食指在新剪的指甲上蹭蹭，边蹭边递给周阿姨。周阿姨会意，再磨，再问，直到父亲满意。剪脚趾甲时，周阿姨在握脚的那只手上套上了一只一次性手套，也是先剪后磨，由于脚刚泡过，有死皮，她又用刀片刮、剔。趁她忙活的时候，我问她是按每天服务的人数拿钱呢还是每月有固定的工资。她告诉我，每月拿固定工资。我说那不错的，风吹不到，太阳晒不到，在我们这里就算很不错了。她笑笑。我又问她管哪个片、多少人。她说她管整个蔡滩社区八十岁以上的老年人，说目前居住在蔡滩社区的有一百二十来人，再加上居住在别的社区的蔡滩人就是一百四十来人，还有残疾人，总共一百六十多人。"这么多人你忙得过来吗？"她说还好，赶点忙能行。我问我父亲的年龄在蔡滩社区能排到第几啊。"第三，"周阿姨肯定地说，"他前面还有一个一百零一岁的和一个九十六岁的。"我真佩服周阿姨的记忆力。我说上门服务有很多不便，而且你的服务对象都是些老年人，想联系都难。她说是的，离你们家不远有个叫杨凤英的，以前我同事去从来没遇到过她，我那次是十一点去的，正好她在家吃饭，我给她剪了指甲，而且跟她约好了每月同一时间去服务。杨凤英是我老家的邻居，早年丧夫，如今九十小几了，我常见她一个人在家前屋后散步，听周阿姨提到她，我感慨地说："杨凤英是个可怜的人哦。"周阿姨立即说杨凤英还好，她至少还有儿孙陪，向阳人家的王徐氏才可怜，一个人，睡在车库里，那车库，唉，我都无法形容。我每次去给她剪指甲，总把她扶到树荫下或者太阳下，陪她说说话，有一次说的时间有点长，回家时下雨，我感冒咳嗽了好几天。末了，周阿姨说不幸的老年人只是少数，大多数老年人都能得到家人的照顾，安度晚年。周阿姨一边做着自己的活计，一边说着这些话，脸上写满了温柔。

给父亲剪完脚趾甲，周阿姨指着父亲的脚面问我，这里怎么这样？我凑过去仔细看了看，父亲脚面上的皮肤颜色红里透着黑，与周边的颜色相差较大。这个我知道，有一段时间父亲睡眠不好，听说用花椒泡脚能助眠，于是叫我买了花椒，为了他用时方便，我还把买来的花椒装在一个一个的小布袋里缝好。他坚持了好一段时间，说管用，还推荐给我，后来父亲的脚的颜色就变成这样了。现在周阿姨说起这个，我忙问她要紧不。她说她曾经服务过一个老人，发现老人的脚面上有深颜色的斑点，及时告诉了老人的家人，家人也没理会，但是不久老人便被查出糖尿病，没多久就过世了。我立即紧张起来。弟弟忙说，没事的，爸爸上次查过血糖，正常的。周阿姨说还是注意点为好。

父亲从周阿姨来到剪完指甲一直很安静。剪完指甲，我们又把他扶到床上，他向我招手，我凑过去，他说锅里还有饭没？我说有呢，干吗？父亲指着周阿姨说，盛点给人家吃。我们都笑起来，周阿姨说，谢谢你，我已经吃过了。她掸掸衣服，收拾好工具箱，与我们告别。我目送着她，心里有好多感慨。

大马羊肉店

　　倘若冬天你到了高港，不吃顿羊肉等于白来。在高港人的生活中，"冬吃羊肉夏吃鸡，不冷不热吃鲜鱼"。羊肉与冬天似乎早已是绝配，冬天早上来碗热气腾腾的羊肉面或羊汤泡烧饼，这一整天都觉得暖和。在高港星罗棋布的羊肉店中，大马羊肉店是我最喜欢去的。大马羊肉店坐落在刁铺街道万丰组，南临环港大道，西挨引江大道。腊月的一个早上，我邀上霍老师一同去大马羊肉店，霍老师是大马羊肉店的邻居，邀我们去过两次，算是熟客。

　　一路上，霍老师先向我介绍。大马，大名叫万正富，大马是他的乳名，因大马这名字喊起来顺口响亮且易记因而被用作店名。天不作美，星星小雨，但因有霍老师做向导，我们很快抵达。迎接我们的是位年逾花甲的憨厚老者，霍老师说，这位就是大马，店主。我自报家门，听我们说明来意后，大马热情地邀我们进门。一番客套后他告诉我，他十七岁时跟父亲一起开的大马羊肉店，至今已有五十四个年头了，大马羊肉店原来在老地址，后为让引江河 1985 年择址到如今的地方，规模大了不少，说着他领我们走了一圈。确实大，楼上楼下有敞厅有包厢，能同时容纳数十桌人。宽敞的洗碗间里洁白的瓷砖照得见人影，整洁的厨房里各式厨具光亮如新，中间的配菜桌上食材摆放有序：左边红紫相间的洋葱、白绿纵横的大蒜、汤圆大小的红萝卜、黄黄的散着面香的烧饼一盘一盘地排着，右边大木盆里是一块一块的熟羊肉，那羊肉皮呈浅咖色，皮里红多白少，间有水晶似的羊汤，旁边木盆里有羊杂，墙上隔厨里碗盘一摞一摞摆放着。

我指着那些食材问，这些能做什么菜？大马一笑，说，如今只要是羊身上的，都浪费不了，都能做成菜。他指着一块生的羊肉说，这个绞碎了可以做羊肉狮子头；这个和这个可以做成羊血豆腐；这些羊杂可以爆炒也可以煲汤；至于这些整块的熟羊肉嘛，既可冷切，又可红烧；这些可以做成椒盐羊腿；这个叫羊鞭，跟河蚌一起烧，我们叫它"天仙配"；这些羊爪煸炒后可以炖汤，用来泡烧饼吃……"你这儿可以做全羊席吗？"霍老师问。大马说当然可以，全羊席类似羊肉烹调中的"满汉全席"，是几十种以羊肉羊杂为原料的美味佳肴，这个我们早就做了。我说，大马老板，经营了这么多年，你最拿手的是什么菜？他想了一下，说，其实都挺好的，真的，要说拿手嘛，个人觉得是红烧羊肉和椒盐羊腿，客人们说，我们家的羊肉软糯香辣，我们家的羊腿酥脆鲜嫩。曾经有四个外地客人到我们家吃了八斤羊肉，说从没吃过这么好吃的羊肉，临走还打包带走了很多椒盐羊腿。我忍不住问："能不能分享下烹饪过程？"大马哈哈一笑，说没什么可保密的，红烧羊肉的关键是一用冰糖代砂糖，二用高汤代水，三是起锅时淋点猪油。至于羊腿，最关键的一步是先用盐码，以去血水，这样的羊腿煮出来没怪味，炸出来好吃。我和霍老师频频点头，觉得大开眼界。

说话间一辆货车停在了大马羊肉店门口，大马说，货到了。只见来人抱着一头杀好的整羊进来，先放在秤上"磅"了一下，然后放到旁边的木盆里，一共送了三只整羊。见我们疑惑，大马说，这是我早上买的，叫人家杀了，马上放大甑子里煨煮，留着晚上用。我趁机问，你们的羊都从哪里来？大马说，都是周边人家养的，本地的羊吃的是草，这样的羊肉有嚼劲，能吃出羊肉香。我们家的羊首先必须是吃草的羊，其次必须是阉割过的公羊。霍老师忍不住笑了："阉割不阉割你知道啊？""当然，"大马一本正经地说，"我不仅能一眼看出它阉过没阉过，我还能看出它多重，很准的。"

我想起了来时的七拐八绕，说，古人说酒香不怕巷子深，你认同这句话吗？大马说，这话千真万确。我们家虽然地处偏僻，当然现在有了导航，但泰兴和泰州本地，还有江都、南京、扬州、无锡、常州、上海，都有客人来，很多人都是回头客，节假日拖家带口来一饱口福。自古以来，药食同源，羊肉与人参并列，同是大补，更重要的是现在人们口袋里有钱了，更注重养生和文化熏陶了。泰兴一位领导还为我们的小店写了一篇短文，裱好送来。2019 年，高港区电视台专门采访报道了我们家的羊肉店。去年，泰州电视台也来采访报道了我们的店，那次我还见到了我的偶像——主持人小柏。说到偶像，大马有点不好意思。

我问大马经商这么多年，什么最关键。"当然是良心和诚信，没有这个，我的店撑不到今天。"大马脱口道。这个我信，曾听霍老师说，大马对厨师要求很严格，除烧、炒、蒸、煎、煮、卤等技法步步到位外，他还经常对厨师说，烧羊肉要足斤足两，不能欺骗顾客；不该用的食材坚决不用，特别是那些变了味道的食材，哪怕一点点都要全部倒掉。霍老师还告诉我们一件事，三十年前，几个老师来吃饭，临走把装有一万多元学杂费的包忘在了店里，后来大马分文不少地还给了人家。

我说，看这架势，你还准备再干若干年哪。大马说，现在家里的当家花旦是大女儿，我掌厨，明年我就要有重孙子了，大女儿要带孙子，准备让我的大孙子上，那样的话我们的店就经过五代人的手了，说到这里，大马笑了，我相信，那是一种发自内心的自豪和满足。

"江畔渔歌"食鲜记

宁娜在朋友圈晒图，一碗一碗的白汁河豚，香气袅袅，肉盈汤白，令我唇齿生津，心生向往，一番电话沟通后，我们便有了三月三十日的江畔渔歌之行。

我的家乡柴墟古镇南临长江，长江至此江面宽阔，江流舒缓，春天蒌蒿丛丛，芦苇簇簇，吸引了一些长江稀有鱼类——刀鱼、河豚、鲥鱼、鮰鱼在这里群居觅食，产卵繁衍，于是家乡人也利用这得天独厚的区位优势，在江边河口开店设摊，做着江鲜生意，"江畔渔歌"便是众多饭店中的一个家。"江畔渔歌"坐落在高港汽渡附近，从雕花楼向西，经福星桥再沿沿江高速往南，大约五分钟左右车程。2019 年，黄繁荣（宁娜的一个朋友）租用了这块地方做起了以鲜鱼包括河豚系列为主要特色的鱼类生意。

"江畔渔歌"这店名乍一看怎么有点像唱歌的地方？ 2023 年泰州电视台采访黄繁荣时他是这么解释的：我从小在长江边长大，经常看见晚霞中人们摇着渔船唱着渔歌满载而归的画面，这让我想起一首叫《渔舟唱晚》的古曲："夕照帆樯落霞深，看波光掩映浪似金。绿岸炊烟鹅唤我，十里渔舟如梦如云……"用"江畔渔歌"作店名能引发客人的遐思，有文学情调，不俗，也算是我对那种平静生活的怀念吧。门前院子很大，能同时停个十几辆轿车，院子里很静，跟刚刚路过的车水马龙般的高港汽渡简直是两个世界。穿过一进房，我们来到一二两进中间的东西长廊，坐在黄藤休闲椅上，我笑着对黄繁荣说，我们今天是专门冲着你们家河豚来的。黄繁荣哈哈一笑，说这个我完全能理解，河豚与刀鱼、鲥鱼历来被誉为"长江三鲜"，古人说"不食河豚，焉知鱼味""食得一口河豚肉，从此不闻天下鱼"，又说"拼死吃河豚"，为了吃河豚命都不要了，你能说河豚的味道不美吗？其实人们只知道河豚味道鲜美，却少有人知道它还营养丰富，河豚含有蛋白质、脂肪、维生素A、维生素B，还有锌和硒等多种微量元素，能健脾胃、利尿消肿去风湿、抑制肿瘤生长，甚至能美容养颜，所以河豚还有一个美称，叫"菜肴之冠"。而且我们家的河豚是淮扬菜第三代传人、国家一级厨师缪师傅亲自烧制，想不好吃都难，你今天啊，算是来对啰！他突然想起什么，翻开手机，打开一个视频给我们看。一位黄姓男士正在盛赞"江畔渔歌"。黄繁荣说，这个无锡顾客在我们家吃完饭，临走时对我说，我吃过靖江、无锡、江阴的河豚，他们做的河豚跟你家比相差十万八千里呢。

黄繁荣带我们来到了一个包厢，包厢很大，除正中一张能容纳十几个人的大圆桌，旁边还有一张供饭前打牌的小方桌，包厢的顶、壁和地面全用木板，环境十分整洁优雅，特别让人眼前一亮的是壁上的轴画，一尾尾灵动的虾，栩栩如生。一打听才知道这全是黄繁荣的杰作。黄繁荣是泰州美协会员、国家一级美术师、中国书画协会理事，爱好画虾，他的《虾兵蟹将》在全国第一届"翰韵杯"书画大赛中获过奖，在圈内小有名气。黄繁荣接着刚才的话题告诉我们，任何事物都不可能是百分之百的好，就如同玫瑰花好看但有刺一样，河豚好吃但有毒，它的毒性在宋《开宝本草》、明《本草纲目》中都有记载。其实河豚的毒是一种神经毒素，它的肝肾、卵巢、肾脏、血液，甚至皮肤都有毒。我问："那你们怎样给河豚去毒？"黄繁荣说，耳听为虚，眼见为实，走，一起去操作间看看。操作间很大，中间一个特大的长方形操作台，上面荤菜素菜琳琅满目而井然有序，里面墙边有二十个台阶式灶头，上面大锅小锅里热气腾腾，香气四溢，一个偌大的蒸箱正整装待命。黄繁荣指着一个穿着工作服戴着厨师帽的男子说，这位就是厨师长缪师傅。缪师傅很客气地朝我们点头。黄繁荣把我们的问题进行了转达，缪师傅接过话题道，凡河豚均有毒，养殖的河豚毒性小一些。我们饭店用的是头等橘黄豚，我们模拟河豚的野生养殖环境，在崇明岛和扬中这两个基地引进江水，让养殖的河豚在这种环境下长大。头黄豚价廉物美，口碑好，是老百姓消费得起的水产品。但是头黄豚也需要用心漂洗，以确保安全。他指着备菜篮里已经洗好的河豚说，河豚的血要绝对放尽，我们这里先用水冲，再用刷子一条一条地刷，河豚的卵不吃，河豚的眼睛要挖出来扔掉，在河豚下锅前，我必须一条一条地检查，哪怕看见一条血丝都要重洗，对扒出来的眼睛和内脏进行清点，以免遗漏。听着缪师傅的介绍，我们对今天的河豚已经没有了一点戒备。另外，在操作间我还知道了河豚有五种吃法，那就是红烧、煨汤、清蒸、鱼丸、涮片。

上菜啰！先是河豚烧秧草，叶子形状的白瓷盘里，白白的河豚，绿绿的秧草，素净典雅，用筷子夹起一块入口，鱼肉细腻爽口，味道至鲜至美，连那秧草也变得鲜香无比。宁娜把河豚皮反卷，递给我，说，把这个囫囵吞下，养胃的。接着上来的是白汁河豚，每人一碗，应该是一砂锅，跟宁娜朋友圈里发过的照片一模一样，浓而白的汤里有雪白的竹笋丝和菌菇，几段嫩绿的葱花恰到好处地点缀其中，尝一口，肉鲜汤美，别有风味。黄繁荣告诉我们，那个焦香软嫩的是河豚的肝，那个绵柔细腻被称作"西施乳"的，是河豚的精囊，我们这里叫"肋"，你们尝尝，没有一点腥味，入口即化，绝对的肥腴鲜嫩。"明年来吃河豚可以再早点。"见我们一脸蒙，黄繁荣说，还记得苏轼著名的诗吗：竹外桃花三两枝，春江水暖鸭先知。蒌蒿满地芦芽短，正是河豚欲上时。这是说吃河豚有季节性，正常情况下清明前吃比较好，民间有过了清明不吃河豚之说，认为"看灯的河豚，踏青的刀鱼"，河豚最早的应市时间应该是在农历正月。为什么呢？因为河豚清明后开始"散子"（产卵），这些子在河豚的肋里，没有了肋的河豚不好吃。也有人说，过了清明河豚的鱼皮开始变硬，它们又逐渐返回大海，味道也大不如明前。这个我们还是头一次听说，宁娜不住地说，大开眼界，大开眼界！"来来来，吃鱼吃鱼！"黄繁荣热情相邀。

我说："开个鱼馆也不易吧？""什么事情是容易的哟！"黄繁荣很感慨，"2019 年年底鱼馆开张，店里办年酒的桌子定得满满的，却因新冠疫情取消，所有损失我自负；2020 年，长江禁捕，生意又受影响。最近两年，生意才逐渐走上正轨，我又开始致力于我的爱好——画虾，我认为这也是弘扬江鲜文化的一种方式，我希望在向我的客人呈现美味江鲜的同时，也能为他们献上别具一格的精神大餐，让客人们在我这里得到最美的物质享受、最大的精神收获。"我突然想起大马，想起大马店里琳琅满目的奖杯，那是他在全国大大小小的鸽子比赛中获得的荣誉，忍不住感叹，在自己喜欢的领域做出成绩的人都有"两把刷子"！

饭后，黄繁荣竟意外地送我一幅《群虾戏荷图》，我如获至宝，我们满载而归。

我的同学曹素珍

　　曹素珍是我高中同学，高个，短发，大大咧咧，是典型的假小子。曹素珍二十世纪八十年代毕业于徐州卫校，在自己喜爱的妇产科岗位上一干就是三十几年，凭着自己崇高的医德和精湛的技艺，创造了一个又一个奇迹，赢得了领导、同事和社会的充分肯定。

　　曹素珍的初中生活是在离家不远的一所农村学校度过的，人缘很好的她经常听到同学倾诉青春期的痛苦和烦恼，时间久了，就常想：假如我是一名妇科医生就好了，解除女人的痛苦会更方便些。不久，同村一个中年女子因妇科病羞于启齿，隐瞒了病情，错过了最好的治疗时间，撒手人寰，听着老人小孩撕心裂肺的哭声，曹素珍心里那个朦胧的念头一下子清晰了起来，后来在高考第一志愿上毅然填上了徐州卫校，专攻妇产科。几十年来，风风雨雨，几多艰难，但她义无反顾，扎根妇产科的意念从未动摇过。

　　参加工作后，曹素珍渐渐意识到，要想做一名合格的妇产科医生就必须不断提高自己的业务水平，不断加强理论学习，与时代接轨。于是省吃俭用，从仅有的十几元工资中硬是挤出一部分钱订阅各种业务杂志，并写下了大量读书笔记。她还经常积极参加学术会议，聆听著名专家的讲座，并把新的理论技术用于业务工作。

1993年，曹素珍被高港人民医院选送到扬州市人民医院进修妇科临床，这是她第一次获得进修机会，她格外珍惜，工作上她勤勤恳恳，学业上她如饥似渴。回来后就与同事一道将子宫肌瘤和全子宫切除手术开展起来。2001年，曹素珍被送到上海东方医院培训。这次她早做好了心理准备，铆足了劲。一到那里就打听妇产科各个专家的技术特长，然后盯牢他们的上班时间特别是手术时间，认真学习，潜心研究。虽然只有三个月时间，但她的业务水平却上了一个新台阶。2003年，曹素珍又被派到著名的上海肿瘤医院进修妇科肿瘤，师从著名妇产科专家李子庭教授。这次学习，曹素珍感觉如醍醐灌顶，启发很大，先前诸多疑惑皆冰消雪融。回来后，她又和同事一起，成功开展了数十例妇科恶性肿瘤手术。2001年，曹素珍以优异的成绩从南京医科大学大专班毕业，接着又被南京东南大学医学院录取。三年的求学路上，洒满了她辛勤的汗水。常常是别人脱下工作服准备度周末，而她却一头钻进开往南京的汽车。2009年，曹素珍拿到了南京东南大学医学院本科毕业证书，同时，多篇论文在国家级刊物《中国妇幼保健》《中国实用妇科与产科》《中国医药》《中国医师进修》上发表，多篇论文在泰州市获奖。

三十年的职业生涯，三十年的进修—学习—再进修—再学习之路，问起个中滋味，她只答四个字：虽苦，但值！

2007年，曹素珍走上妇产科负责人岗位。上任后着力搞好传帮带。她常说："一花独放不是春，百花齐放春满园。"只有每个人都进步了，科室的整体实力才会提高，妇产科才更有战斗力。她经常结合自己的切身体会提醒科室成员："医者仁心，如果你把每位患者都当作自己的姐妹，责任感会更强，手下会更温柔，病人的痛苦会更小。"

那天曹素珍调休，深夜突然接到电话，是单位打来的，有情况！曹素珍赶忙起床，外面瓢泼大雨伴着阵阵雷鸣，当爱人大声叮嘱"小心点"的时候，她的车已冲出去几米远了。飞奔进急救室，眼前的病人脸白如纸，神志不清，身下的裤子已被鲜血浸透。曹素珍立即调动检验科、外科、麻醉科，启动院内急救系统全力以赴，以最快的速度开始抢救，病人终于转危为安。"集体协作太重要了，关键时刻哪一环出了差错，都会带来意想不到的后果。"曹素珍感慨不已。

一天快下班时，几个人抬过来一名女子，女子已经休克。经查，确诊是宫外孕导致的大出血，要立即手术。当找家属签字时，发现送女子来的人已不见踪影。曹素珍立即报告院领导，领导立即批示，先抢救病人。手术后的女子孤零零地躺在病床上，没人照顾不说，还什么都没有，生活成了问题，得知女子是从外地来打工的，曹素珍便发动全体医护人员，送衣服，送毛巾，送饭盒，送茶杯，并轮流送饭。大家心往一处想，劲往一处使。女子出院了，科室凝聚力也增强了。

几年来，妇产科医护关系、医患关系融洽，多次出色完成领导分派的任务，工作忙而不乱，远近患者慕名而来，满意而归。金杯银杯，不如群众的口碑，科室墙上的一面面锦旗是对她们医务工作的最高评价。妇产科也多次被医院评为先进集体。

后来，曹素珍作为泰州市妇产科专家被选调到江苏省援疆小组开赴新疆伊犁州昭苏县，开始了她的援疆生涯。

2010 年 12 月 28 日，是援疆医疗队到达昭苏的第一天。在全县医疗系统的欢迎大会上，当得知昭苏人民医院一位产妇难产，医务人员束手无策时，曹素珍主动请战，毅然前往，亲自主刀。她准确地切开孕妇的腹部，抱出了婴儿，又麻利地缝合刀口，三十分钟，一台漂亮的手术结束。左右惊呼："江苏医生，加克斯！"

当时，昭苏是一个以农牧业为主的国家级贫困县，属于高寒地区，医疗技术力量相对薄弱。2011 年，昭苏作为援疆医疗队的重点援建县，由江苏省泰州医院进行技术和资金上的帮扶。经过了解，曹素珍发现，这里的妇女孕产期死亡率特高。她觉得，妇产科系统管理看似简单，其实意义重大。根据昭苏县的情况，在当地院领导的协助下，曹素珍对全县孕产妇做了统计，建立孕产妇管理档案，并定期为县里的医务工作者举行这方面的专题讲座。到 2011 年底，全县再没出现过一例产妇孕期死亡的病例。她还把利普刀手术技术毫无保留地教给了昭苏人民医院全体妇产科医务人员。昭苏县妇女如今做利普刀手术再也不用远赴伊宁了。

2011 年，曹素珍多次参加了"杏林春风——第七批江苏援疆专家巡回下乡义诊活动"。每到一处，人潮涌动，尽管语言不通，只能通过翻译了解患者的病情，但她一直精神饱满，忙得不亦乐乎："看到这么多病人，感到这里太需要我们了。"这次活动，他们巡回义诊 24434 人次，赠送价值 345346 元的药品，发放健康宣传手册 29800 份，这次活动成为江苏援疆的特色品牌，深受群众的欢迎。群众在感谢信中说："你们为新疆所做的贡献，将会记录在新疆的发展史册上，铭记在新疆各族群众的心中。你们的责任意识及无私奉献精神，将会激励和鼓舞新疆人信心百倍地生活、工作。"

在昭苏，曹素珍没有休息日，一天二十四小时候诊，还要挤时间为昭苏医院解决妇科方面的难题，为医务工作者做专题讲座，普及医务知识。曹素珍原本是支援昭苏人民医院的，但后来昭苏中医院、妇幼保健医院甚至计生委有了问题都来找她，她有求必应，热情帮助。2011年，曹素珍获得昭苏人民医院颁发的巾帼建功奖，被昭苏人民政府评为民族团结先进个人、昭苏先进个人，所在的妇产科首次被评为先进集体。《昭苏日报》以《昭苏高原上盛开的雪莲花》为题，专题报道了曹素珍的感人事迹。

1988年，曹素珍意外感染了乙肝病毒。医院建议她休息治疗。这可急坏了她，从来不吃中药的她连吃了五十几副中药，每天给自己打针，还给自己制订了"心态平衡，饮食清淡"的守则。"作为医生，最痛苦的事就是不能见病人，不能上手术台，那段时光是我人生中最灰暗的。"曹素珍如是说。

援疆期间，曹素珍接待了一位严重的反复阴道炎患者，患者只有九岁。孩子的父母曾带着孩子四处求医，都不见好转，慕名找到了曹素珍，曹素珍也感到很棘手，因为任何普通的妇科检查工具都会伤害孩子的身体，但患者殷切的目光和援疆沉甸甸的责任，让她费尽了脑筋，最后她想到了使用鼻镜，很顺利地解决了检查和送药的问题，原本三个月的疗程一个月就奇迹般地见效了，为表感激，孩子的父母特地请曹素珍一行进行了一次小型的野炊。

那是一个晴朗的周末，在广袤的草原上，天是蓝的，草是绿的，大家一起动手，支锅，烧水，一帮人当着曹素珍——最尊敬的客人的面宰杀了一只肥羊。大家围着吃肉、聊天，兴致高了还伴着音乐翩翩起舞。看到孩子天真无邪的笑容，曹素珍动情地说："我突然想起一个词，就是我们经常说的'幸福'。什么是幸福？幸福就是能从事自己喜爱的职业，并且你的工作成绩能得到社会的认可。那一刻，我感到自己是世界上最幸福的人。我非常高兴我当初的选择，我乐此不疲，无怨无悔！"

在昭苏，曹素珍领养了一个女孩，叫吾力巴尔，十四岁，哈萨克族人。

吾力巴尔是昭苏县曙光中学的学生，姐弟三个，父母都是牧民，家庭月收入只有700元，之前为了给弟弟治白血病，家里债台高筑，家徒四壁，吾力巴尔面临辍学。援疆总指挥陈林得知情况后，主动领养了姐姐，而曹素珍则领养了妹妹吾力巴尔。

多了一个孩子，多了一份责任。工作再忙，曹素珍也不忘隔三岔五去吾力巴尔的学校看看，询问孩子生活和学习情况，看看有没有需要帮助的地方，时间久了，曹素珍习惯地称吾力巴尔"女儿"，吾力巴尔则称她"汉族妈妈"。

12月10日是古尔邦节，这是维吾尔族、回族、哈萨克族、乌孜别克族、塔吉克族、塔塔尔族、柯尔克孜族、撒拉、东乡族、保安族等少数民族共同的盛大节日，各民族在该节日会进行不同的庆贺，主要包括宰牲、朝觐、叼羊等。曹素珍带吾力巴尔姐妹俩上街，给她们添置了一些学习和生活用品，考虑到自己马上要回家过春节了，又给两人买了过年的衣服。正月初一，吾力巴尔打来电话，给妈妈拜年，说"很想念妈妈，祝妈妈春节快乐"！

如果你问曹素珍退休后做什么，她会很明确地告诉你，办一个集医疗、生活于一体的老年中心，让更多的老年朋友安度晚年，远离疾病的折磨。虽然这个梦想比较遥远，但我们衷心祝愿她，美梦成真！

上班路上

　　清晨一出门，见婆婆在门口路边摘扁豆，自从大田被种田专业户承包，婆婆便开始开发那些边边角角，家前屋后，沟边渠旁，只要能种东西的地方都成了婆婆的"战场"，春播夏种秋收冬藏，周而复始，乐此不疲。路边一条绳索上，肥绿的叶子间，一串串紫红的扁豆角点缀其间，既可欣赏，又可入膳。婆婆用钩子扒拉着叶子看，然后勾住老嫩适中的豆角，摘下，投进路边的塑料篓，我一看，已有半篓。中午是爆炒扁豆，还是红烧呢？我边想边朝村头的停车场走去。

　　一阵秋雨一阵凉，昨晚下过一场透雨，今天凉爽了好多，一件衣服已经不能御寒了，路人已穿上了秋衣。太阳起来了，阳光穿过路边的水杉在路上投下斑驳的光影，这是南官河边的一条南北大路。精明的家乡人看准了这里的区位优势，在河边建起了不少砂石厂，车来船往，河跟路都苦不堪言。去年，高港区加大城市改建力度，整治环境，口岸船闸到长江沿岸的砂石厂全部撤离，河沿被取直，河岸种上了绿植，如今放眼望去，碧水轻漾，绿植护坡，绿草间金黄的孔雀草花、紫色的金鸡菊、红色的扶郎、粉色的夜来香，星星点点，摇曳其中，养眼养心。一只喜鹊在栾树上向我

171

喳喳地叫着，是在向我问好吗？叫吧，我喜欢！

迎面过来的是李华，牵着她的博美犬。那博美犬毛发棕色，小巧可爱。我问："今天不上班吗？"她回答："带狗出来转一圈。"我问："什么时候去伺候媳妇坐月子？"她说："早呢，预产期冬月底。"两问两答间，我们擦肩而过。李华的儿子高中时应征空军，后转业到北方一所军校当教官，并在那里成家，成了村里最有出息的后生。后来李华老公莫名出走，使她很受打击而备感孤独，侄女同情她，送她一只博美犬，从此，每当清晨和傍晚，人们总能看到李华和博美犬散步的身影。村里人知道，别人散步散的是闲情，而李华散的是寂寞。

"人说先生工资高，但先生也苦，黑里来黑里去。你今天怎么去晚了？"说这话的是吴桂兰，她总是称"老师"为"先生"，这点我从不纠正她，她愿意怎么叫就怎么叫吧。吴桂兰是个勤快人，年轻时跟男人一样做苦力，落下难言的妇科疾病，不久前刚做过手术，这时她正坐在路边椅子上看着赵红用钉耙翻地，同她一起看的还有郑澜，郑澜正靠在路边电线杆上仰着头把碗里的粥往嘴里倒，然后鼓着腮帮看着我。赵红也停下钉耙看着我，笑着等我的话。我说："哪一碗饭都不好吃，是吧？赵红姐，你最有发言权。"赵红说："我每天早上四点半起床，做好早饭，趁没太阳到田里忙一会儿，准备好需要卖的菜蔬，再回去吃早饭，吃完早饭，把菜蔬拿街上去卖，累。去年去饭店打工，原本想挣点省心钱的，谁知又做不来。所以说，哪碗饭都难吃，各人的命。"说完兀自笑了，郑澜也笑了，我也笑着抽身而去。

村头日杂店门口已经坐了好几个人，日杂店店主叫小陶，党员，还有村里前任村主任王根喜、队委樊兵，还有一位不认识。一群人正讨论着昨晚今早从广播电视里看到的新闻，仿佛自己就是著名的评论家。我举手向他们打招呼，然后钻进自己的爱车，直奔我的快乐大本营。

家乡的饼

有人说，世界上最治愈的东西，第一是美食，第二才是文字，我对此深信不疑。美食的标准，见仁见智，而我认为，饼就是我家乡的美食。我的家乡在长江中下游，这里的人爱喝粥，"我得宛丘平易法，只将食粥致神仙。"的确，大米粥、玉米粥、大麦粥，品种多样，特别是放了食碱的大麦粥，浅粉色，稀而黏稠，既能消渴又能解乏，被誉为"泰州咖啡"，但是光喝粥不能免饥，于是人们想到了饼，千方百计弄出各种各样的饼佐粥。

清明节前一二日是中国传统节日中唯一以饮食习俗来命名的节日，叫寒食节。每逢这时，东风骀荡，丽日送暖，沟旁、渠边、家前屋后的柳树也枝叶婆娑，婀娜多姿，家乡人便开始做柳叶饼。采来肥而嫩的柳叶，清水漂洗后用刀切细，放入盆中，奢侈点的人家会在盆中打两个鸡蛋，放几勺面粉（荞面最好），撒一把细葱，撮点盐和糖，搅拌成糊状，烧锅放油，油热后用勺将糊糊舀至锅中，一般情况下一勺即一个饼，煎至两面金黄，起锅开吃，那味道苦中带香，仿佛把整个春天都吃在了嘴里，所以柳叶饼又叫春饼。我家正常情况下是母亲做饼，我们一边狼吞虎咽地吃着饼，一边囫囵吞枣地听着父亲讲介子推割股啖君和重耳知恩图报的故事，岁月也便定格在了那融融的春光中。没有柳叶可做饼时，家乡人便用青菜、韭菜、苋菜等蔬菜切碎和面做饼，这种饼因简单易做，不需要任何技术而被称作"懒饼"，贯休诗中"饼红虾兮析麋腊，有酒如浊醴兮呼我吃"，用炸熟的虾掺和面粉做的饼应该也是一种懒饼。懒饼随时可做，四季能吃。

午后走亲戚，抑或家里特别的日子，家乡人喜欢做葱油饼佐粥。先把面粉和成稀稀的糊状，考究一点的人家会用荞面，再从屋后扯把细葱切碎，烧锅放少许油，待锅热了，滴上一滴水，那油便嗞的一声炸得满锅都是，这时将和好的面糊快速地倒入锅中，用铁铲沿锅抹开，这时的饼便像一口小锅，待面熟后，在饼上倒上半勺香油，撒上少许盐和葱花，一股扑鼻的香味便弥散在空气中。起锅，放入盘中，光景好一点的人家会趁热锅煎上两三个鸡蛋，烧上一锅大麦粥，招待客人。葱油饼不需要发酵，做起来简单方便，故在家乡有种亲切的叫法——"呼啦两绕"。呼啦一声把面倒进锅里，用铁铲左一绕右一绕，挺形象的。家乡人夸赞哪家媳妇能干，爱用会做活计会摊饼为标准，说谁家媳妇会摊饼，摊的饼薄薄的、脆脆的，其实，饼的厚薄靠的是和面的稠稀，面稠，则饼厚；面稀，则饼薄，这完全靠的是经验。

夏天饭粥隔夜易馊，馊了的饭菜倒了可惜，不倒吃了伤身，家乡人便用馊了的饭粥做酵，做"涨饼"佐粥。早上起来，在馊粥里掺上面粉，加点小苏打，将发好酵的面糊倒在油锅里，用小火"炕"，一边黄了后反过来再"炕"，待饼如灿烂的满月便可吃了。农人五月去地里扯麦扯小秧时盛罐粥，带两块涨饼，爽口免饥又方便实在。我们小时候喜欢在饼里夹上辣椒酱，饼香加酱香，更美味。

茄子上市后，家乡人爱做茄饼吃。先在洗净切碎的韭菜、肉末和剁碎的虾里放好调料，放在一旁备用，再把茄子去皮，一刀连着、一刀断开地切好，在连着的茄片里面夹上做好的馅，放在一旁备用，面粉加水搅和成糊状，锅热后把夹好的茄饼放进面糊里滚一遍，在油锅里炸成两面金黄即可食用。茄饼做起来有点麻烦，一年仅能吃上次把，但馅香饼脆，口感不是一般的好。

比较隆重的是中秋节做糖饼。先把刚收上来的黑芝麻炒熟，放在钵子里用铜勺柄捣碎，拌上细砂糖，再把发酵好的面粉搓成条，切成节，碾成饼，舀上一勺芝麻糖放在饼中间包好，压成饼状后放进锅里煎，等到满屋芝麻香，饼就熟了，拿起一只一咬，满嘴留香。晚上，秋虫合奏、满月东升时，家乡人会在院子里摆上糖饼和时令水果，敬香拜月，祈愿五谷丰登、国泰民安。苏轼的"小饼如嚼月，中有酥和饴"似乎就是说的我们这里的饼，诗人借月饼的美味，表达了对家人团聚的愿望以及对亲朋好友深深的思念。做糖饼的关键一是发酵二是火候，没有一点技术的人，是不敢轻易在家自己做的。我们家都是母亲负责发酵和煎饼，父亲负责火候，我和哥哥姐姐负责做，两个弟弟负责吃，结婚后，每年祭拜月亮的糖饼都是婆婆送的了。

家乡在长江中下游，濒临长江，水产资源非常丰富。夏天的螺蛳、参鱼和虾，秋天的螃蟹、黄鳝都是饭桌上的美味，这时家乡人则喜欢吃锅贴。先和上一些稠稠的面，面的种类不拘，小麦面、大麦面、荞麦面乃至玉米面、高粱面均可。烧上一锅鱼，在锅边上贴上面饼，盖上锅盖，小火煨，鱼熟了饼也熟了，葱、蒜、盐等佐料齐全后起锅，一家子围坐着，喝粥、搭鱼、吃饼，别有一种味道。所烧之鱼说是鱼，其实也不光是鱼，它可以是昨天刚从河里摸上来而今天刚漂过的螺蛳，也可以是早上钓的没有卖掉的螃蟹河虾，还可以是今天下午从沟渠里用篮子抄的戏水鱼，当然也可以是什么都有的大杂烩，其实个人认为大杂烩更有吃头。昨天侄女为游千岛湖回来的我们接风，去了一家"地锅传奇"，锅贴还是那个锅贴，但里面的水产换成了鸡和猪肉羊肉，味道远不如家乡的锅贴。

年后，米屑圆子吃够了，家乡人便换个花样吃，把"泼"好的糯米放进油锅里炸，待两面金黄淋上糖水，做成糍粑，软糯香甜，老少皆喜。那年我小恙，同桌郭桂芬从家里带糍粑给我吃，那甜甜的糍粑连同同窗深情至今记忆犹新。

如果没时间自己做，可以到街上买大炉烧饼。炉体有点像旧式洗衣机的滚筒，把发过酵的粘有白芝麻的饼贴进炉腔，熟了的被师傅用特制的铁铲揿到大炉面板上，有酥油的、有油渣的，也有什么都不放的光烧饼。冬天羊汤里放几块炸过的光烧饼块，吃起来是种绝妙的享受。

1940 年 10 月，著名的黄桥决战打响后，家乡人冒着敌人的枪林弹雨把烧饼送到前线阵地，谱写了一曲军爱民、民拥军的壮丽诗篇，随后，黄桥烧饼也经历了一次次的演变，如今的黄桥烧饼色泽金黄，香酥可口，或甜或咸，因适合各种人的口味而闻名遐迩，成为江苏特色小吃之一，2004年获江苏食品博览会金奖，2003 年荣获"中华民族小吃"称号。黄桥烧饼的主要原料是面粉、猪油、花生油、芝麻、香油和肉松。先用猪油面粉和白糖做水油皮，用低筋面粉和猪油做油酥，再将水油皮和油酥分成等量的面团，一个水油皮搓扁后包入一份油酥收口捏紧后用擀面杖擀成饼状，然后在这样的饼里包上肉松或白糖，稍稍压扁后刷上一层清水再蘸上芝麻，最后放入平底锅或烤盘烤熟即可。包肉松的呈椭圆形，是咸的，包糖的呈圆形，是甜的。黄桥烧饼做工精细，营养丰富，冷热皆宜，如今是家乡人馈赠亲友的伴手礼。

民以食为天，饼是中国的传统美食，上至庙堂之高，下到江湖之远，谁能离开美食而独生呢？家乡的饼和他乡的饼一样，各有千秋，难分伯仲，但我却特别喜爱它。不久前看了一档节目，连续几年没回家的边防战士吃着年包子说像是妈妈做的，连长叫他回头看，他果然看见了妈妈。妈妈想儿子了，年三十从老家赶过来给儿子做年夜饭。是啊，母亲已经把家乡的味道深深地植在了孩子的味蕾中，即使孩子走得再远，这味道也会提醒孩子家的方向。家乡的饼不仅色香味俱佳，撩人味蕾，更重要的是她承载了我更多的美好回忆和家乡情愫，吃的是饼，恋的是家的味道。

小何的大梦想

2011 年 11 月 16 日，小何无意间在《新闻 1+1》看到一则消息，贵州毕节市 5 名男孩在垃圾箱内生火取暖致一氧化碳中毒死亡，很震惊，遂萌生为老家毕节的孩子捐助衣物的想法。第二天，小何跟几位顾客聊到这一想法，得到了顾客们的赞同。没几天，顾客蔡金花送来了网购的 30 套加绒加厚的保暖内衣和 100 双棉袜子，李璐灵、李璐霞姐妹俩送来了亲戚家鞋店两大箱断码的鞋子，其他顾客也纷纷捐资捐物。12 月底，第一批捐助物资带着高港人的温暖稳稳地送到了小何的母校——毕节市桑树镇大麻窝小学。

活动成功后，二十几个年轻人纷纷加入，团队立即壮大到八十几人。新人和老队员大家又纷纷捐款，这笔款项用来做什么呢？经商量后决定再给孩子们做校服。全校 98 个孩子每人两套共 196 套校服，那边报来尺寸，这边到厂里定制。2013 年 3 月 3 日，校服安全送达，生平第一次穿上校服的孩子们个个喜笑颜开，看看别人，再看看自己，仿佛做梦。校长亲自给孩子们拍照，这边小何与队友们也跟着开心。

一次，小何在整理女儿的旧书时突然冒出一个想法，如果把这些旧书送给大山里的孩子该多好。第二天，她联系到柴墟小学陈义泉校长，说明来意，陈校长很支持，发动全校师生捐书，那次捐书活动共捐得图书几千本，一个叫甘政的队友开纸箱厂，免费对这些书进行了包装。于是2014年5月，贴有"点点爱心服务队"标志的50箱图书，安全地到大麻窝小学新书架上安家落户。

2015年，又是一年冬天到了，小何又想到了大山里的孩子们，于是他们又发动了一次募捐，这次共捐得鞋7箱、被褥3箱、衣服5箱，计183公斤，由中铁物流直接发往毕节市联合小学。这次捐助后，集资的运费还余1万多，怎样才能把这笔钱用到刀刃上？小何联系了联合小学的老师，询问需求，说最希望建设一间多媒体教室。小何叫他们做了个预算，然后分批打款。不久，一间包含投影仪、电脑、音响等现代化教学设备的多媒体教室投入使用。一面鲜红的锦旗和几十封雪片似的感谢信飞到"点点爱心服务队"，小何和队友们欣慰地笑了。

2017年10月30日，小何跟秘书长焦海红走进大山，进行了为时三天的实地走访。看见了当地孩子真实的生活处境，孩子们有的住在牛棚里，有的住在鸡窝边，家里照明的灯光好像都不足30瓦，有的人家的窗户上连一层薄纸都没有。小何跟秘书长都觉得特别心酸。短暂的三天走访他们一刻也不敢多留，回到江苏就积极开展募捐活动，短短几天就募捐暖冬物资接近万斤，由兴化百世物流发往贵州毕节毛栗学校。同时他们还给当地60户贫困户购置了60套全新的棉被和床上四件套，花费接近万元。

2016年，小何通过二叔又联系上了毕节市毛栗小学，从校长发过来的一些照片看，这个学校已享受国家扶贫政策，硬件设施基本到位，但学生穿的用的还是很差，小何他们用善款余额购买了60套校服送去。

2017 年，高港区妇联王主席找到小何，说小何做的这些事情本来是妇联应该做的，感谢小何，并商量着与小何的团队一起为联合小学捐书。那次共捐了 5000 多本图书，由邮政局免费运送。

随着参与活动人数、活动次数、流动资金的增多，小何越来越觉得该向国家正式机构报备了，于是经过多方努力，2018 年 8 月，泰州市麦田志愿者协会正式成立。这时的团队已经有 100 多人了。

2019 年，小何趁回家探亲的机会，走访了大方县绿塘乡丰彩小学，发现这里的学生更需要捐助。回来以后，小何跟团队商量，最后决定给丰彩小学的 80 个孩子每人送上一套生活用品，计 6000 多元。

几年的捐助下来，他们在贵州毕节共捐助 5 所学校，其中包括几万斤物资、三间图书室、一间多媒体教室，同时由于党的精准扶贫政策的实施，贵州毕节基本脱贫，不需要他们再进行捐助了。

2020 年，麦田志愿者从网络上看到四川凉山州布拖县一名叫胡秋根的支教老师发的帖子和图片，表示不接受捐款，但接受衣物、食品、文具等。小何立刻与这位老师取得了联系，跟队友商量后，立即发动群里群外的好心人募捐衣物。短短一个星期不到，物资就爆仓，在口岸实验小学的冯老师、韩老师及朱萍校长的号召下，学生和家长积极参与，物资就像波涛澎湃的海水般涌来。几天时间就满足了当地的物资需求。47 个包裹、上万斤的物资又由高港快捷通物流公司李老板免费送达。四天之后到达四川凉山州姑苏镇。当地志愿者告诉村民江苏有爱心物资发过去，他们提前三小时在当地等候。浓浓爱意由江苏泰州汇集到四川凉山州。这批物资不光温暖了孩子们的身体，更温暖了他们的心灵。一次捐赠似乎表达不了他们的心意，小何一行又赶在 2021 年冬天来临前，为布拖县的 238 个孩子每人送去一套新校服。

2015 年 5 月，姜堰一个 10 岁的小女孩得了白血病，当时有很多媒体都报道了这件事。记者采访那个孩子时，她的愿望很简单，只想陪妈妈一起变老。多么简单朴实的情感，对她来说又是多么奢侈。大家在得知孩子这个想法之后都积极地帮助她，很多爱心人士也加入了拯救这个孩子的行动。小何他们积极地为小女孩筹款，在高港大润发的门口进行三天的义卖，共筹集善款接近 4 万元。其中 1 万元是一个美籍华人从美国直接打到小何卡上的。这份爱心和善意不分国籍，无关距离，只是为了奉献，为了拯救这个孩子。后续孩子真的康复了，现在已经完全健康了。

2019 年，小何的团队带着对特殊人群的关爱，在 3 月 8 日当天走进泰州市强制隔离戒毒所，给那里的一批特殊学员进行插花技能培训。当时的活动主题是"生命之花与您相约"，小何说鲜花代表着清纯，代表着朝阳。这次活动让这些特殊学员感觉社会没有放弃他们，国家更没有放弃他们。经过 10 期的培训，这些学员基本都掌握了插花技术，每个学员都拿到了证书。去年"五一"期间，小何他们多次往返扬中职业技术学院学习制作手工精油皂，然后把这项技能带到戒毒所，让那些特殊学员也做出了精油手工皂。手工皂义卖获得善款 6240 元。

2019 年，小何在微信群看到一位村妇女主任发的帖子，说中华造血干细胞捐献者资料库管理中心号召健康的适龄公民捐献造血干细胞，小何主动报了名，经过筛选，成了一名光荣的造血干细胞捐献志愿者。

2020 年，小何被高港区授予"最美志愿者"荣誉称号；2021 年，她写的《关爱进大山，伴你过暖冬》入选泰州市巾帼志愿服务十大优秀故事。问小何这么多年热心公益有何感受，她乐呵呵地说道："在自己力所能及的范围内，帮助了别人，快乐了自己！"问小何最大的梦想是什么，她说："希望大家都过上好日子，不再需要我们的捐助。"

小何，姓何名开菊，贵州姑娘，现高港一美容院老板。

第五辑　文史寄缘

龙窝史话

　　龙窝，又名龙窝口，地处高港区口岸街道南长江边。龙窝曾是长江边的重要港口，有着苏北"小上海"之称，是苏北、苏中出江入海的重要门户。

　　传说很久很久以前，江边一个村庄里住着一位姓袁的姑娘。一个夏天的夜晚，姑娘独自在外面一块石头上乘凉，梦见东海龙宫玉龙，于是怀上了龙胎。而她的父母见未嫁的女儿怀孕，有损家风，便将她逐出家门。姑娘哭诉无门，直奔长江边，正要投江自尽时，忽见天空乌云密布，电闪雷鸣，长江风起云涌，波浪滔天，姑娘腹中一阵绞痛，产下一条小龙，小龙离开母亲后即腾水而去，而姑娘也纵身投入江中。以后每年小龙总会来此寻母，该地从此被称为"龙窝"。一说旧时，堪舆家称气势好的河流丘陵为"龙脉"，有百川汇合、咽喉要冲之意，这应该是龙窝得名的真正原因吧。

　　1840 年鸦片战争以后，南通人张謇在上海创办了中国人自己的大达轮船公司，在龙窝老街西侧设立了大达码头，使龙窝成为上海 — 扬州航线上的一个重要站点。龙窝大达码头建成后，先后开通了南通、上海、镇江、南京的长江水上交通航线，打破了"洋棚"独家经营长江水运的局面，方便了苏南、苏北人的出行。于是乎，里下河地区的客货，源源不断地通过木船和内河小轮船外运，当地民众扬眉吐气，都为中国人有了自己的轮船公司而自豪，都愿乘坐本国轮船往来，大达公司业务大振。1955 年，因龙窝港淤浅日益严重，轮船无法停靠，加之南官河入江口造船闸和水闸，龙窝大达码头才完成了它的历史使命，港口西移高港，大达公司也于 1955 年公私合营，并入上海长航公司。

龙窝有条老街，位于柴墟古镇南首，因各地客商相助而建，故取名"团结街"。街长 750 米，宽 3 米，南北走向，麻石铺路，两旁民居林立，青砖黛瓦，生意十分红火：王家雪白的豆腐，早晚排长队才能拿到；余家的猪头卤肉，令数十里外的食客倾倒；张小二的馄饨店，从早到晚，人流如潮，熙熙攘攘，买卖兴旺；孙家的压面机、窦老的理发店，整天顾客盈门，一派繁忙景象。

位于龙窝老街北首的龙泉池，建于 1812 年。由木号老板刘汉舫牵头，融通集资所建，因在龙窝口，取名"龙泉池"。龙泉池建筑面积 235 平方米，门朝西，四面关厢，浴客每天排长队洗浴，十分繁忙。浴室大门正上方，由知名书法家在花岗石上题刻"龙泉池"三个字。据说每个字一担米，共三担米报酬。新中国成立后，龙泉池归供销社管辖。2021 年，高港区人民政府进行了修缮。

19 世纪中叶，来自长江中上游安徽、江西、湖北、湖南一带专门从事棉花贩卖的一批人发现苏北一带木材生意利润丰厚，便择龙窝口为木材集散市场。从此，龙窝口外江上下游的江边都成了木材堆放的地方，原本是农田的龙窝堤岸成了繁华一时的木商街。木商街整日人来人往，买卖人的吆喝声不绝于耳，热闹非凡。泰昌生木号位于龙窝木商街（现龙窝北路 114—115 号），建于 19 世纪初，由大冶籍木商刘汉舫投资建造。是当时建筑规模最大的木号，该建筑面积 830 平方米，由 30 余间青砖小瓦房组成，结构精致，设施精美。1939 年冬，日军轰炸机在泰昌生木号附近扔下一颗炸弹，把地面炸了一个大坑，泰昌生也只落下了几片瓦屑，足见其坚固。泰昌生至今保存完好，这是龙窝的一大幸事。

口岸地处长江中下游，气候宜人，四季分明，明代至清初有八景名噪一时，其中"芦岸桃花"和"古渡归帆"即在龙窝。春天来了，江边青青的芦苇倒映在水中，与路边灼灼的桃花相映，恰似人间仙境。傍晚时分，晚霞铺红江面，江鸥翱翔，渔帆归航。清赵洪智有诗云："几点蒲帆归来晚，半依墟肆半酒家。"或早或晚，还能听到木排工人粗犷的号子：

嗨哎！

号子一打望前方，

哪怕风浪逞凶狂。

日行千里不怕累，

我行船的纤夫斗志昂。

一声号子我一身胆，

声声号子暖心间。

一身号子一声汗，

齐心合力拼命干。

哎哟喝……哎哟喝……

1949 年 4 月，毛主席在三大战役取得全面胜利的基础上发出向全国进军的号令，渡江战役拉开帷幕。当时的龙窝有国民党驻兵 1300 多人，有美军帮助设计的堡垒 250 个，是利用天然河港形成的蔽堡，工事外围有大片地雷区和鹿砦，妄图阻挡我大军南下。龙窝人民与中国人民解放军第三野战军一起英勇奋战，拔掉碉堡，歼灭守敌，为我军渡江扫除了障碍。如今，渡江战役烈士公墓还长眠着 41 名渡江牺牲的指战员，包括在靴子圩战斗中英勇牺牲的团参谋长、高港戴集人叶明章烈士。

有客自远方来时，热情的龙窝人喜用三鲜待客。三鲜者，乃长江刀鱼、鲥鱼、河豚也，它们名扬天下近两千年。古谚曰："不食河豚，焉知鱼味。"位列三鲜之首的河豚，宋代大诗人苏东坡早有诗记："竹外桃花三两枝，春江水暖鸭先知。蒌蒿满地芦芽短，正是河豚欲上时。"长江至龙窝段，江面开阔，江流舒缓，江河交汇，芦苇丛生，得天独厚的地理位置使很多名鱼在此停留，形成传统的美食文化，带给人们江鲜情结。

二十世纪八十年代，大达码头旧址上建立了商业部造船厂。如今，龙窝已与二闸合并为龙口社区，龙窝老街西侧背后的港堤被修建成一条通往永安洲的大路。今天的龙窝已发生了翻天覆地的变化。

姚序东故居

《红楼梦》里有贾王史薛四大家族，柴墟古镇也有戚姚薛刘四大家族。其中姚氏祖籍江南，明代由于口岸港临江近海得天独厚的区位优势，港口贸易日盛，遂移居口岸经商。清中期，姚氏成口岸港涉足木业的首批木商，口岸著名的古雕花楼（东楼）就是其当年的建筑，至今口岸民间还流传着"姚半街"（口岸半条街为姚氏所有）的说法。

姚氏杰出代表人物姚序东（1886—1969），原名姚宝球，名厚高，字序东，口岸人。早年毕业于江南将备学堂（河北保定陆军军官学校前身），于陈英士部下任职连长，参加过著名的讨伐袁世凯战争，攻克江阴要塞，后转战至内蒙古任口北镇守使署参谋长并兼任36旅旅长，历时十年之久。曾与冯玉祥建立了亲密的关系，一直有书信往来，直到冯玉祥遇难。1938年，在爱国将领张公任麾下任江苏省民众自卫队通如区右翼指挥部参谋长，与同为该部第三支队第一大队队长陈玉生为伍。

姚序东故居地处口岸镇原东兴街东首，东兴街历史上又称"新丰街"，旧时口岸著名的柴墟八景之一"新丰晓骑"就在此地。故居坐北朝南，南临老东兴街，北背古柴墟河（现宣堡港），东邻姚家宗祠，呈双四进组合院落结构，是口岸古镇知名的深宅大院。

故居占地两亩左右，共有大小房间 108 间。整个建筑分四个部分：杂货铺、正屋、小厢房、花园。杂货铺在最前面一排，主要经营日常生活用品，共 12 间。杂货铺后面隔一条东西路就到了正屋，正屋是并列的两套三间四进。两套房山墙撞山墙，进与进之间有院落，两套房之间有镂空隔墙以及菱花门，虽说是两套房但实际上是隔而未隔，界而未界。两套房各有一堂高大的黑漆大门，上面都有古铜铺手，大门两边各有一座石狮子，镇宅护卫。大门进去是第一进，第一进为门厅，两边的房间是佣人住的，中间是通道，通道正中有一面菱形的红木镂空图案镶边的镜子，镜子的两边各有一块一米多高的汉白玉大理石，既显豪华、端庄，又可在此正衣冠、整仪容。穿过一方十几米长的天井便可到达第二进。第二进是敞厅（三间屋之间只有柱子，没有隔墙），是会客厅，西边的会客厅主要会见一般的客人，东边的会客厅专门会见重要的客人。东边的会客厅不用的时候都用高大的板门密封，不许人随便进出。东西两客厅陈设大致相同，厅内迎面悬挂中堂一幅，摆香椅、八仙桌各一张，太师椅八张，沿墙放木椅数十把，四周板壁悬名人字画。当年政界和商界的一些活动都是在这里举办的。姚序东的女儿出嫁，喜宴就摆在这里，真是高朋满座，笑语喧哗。第三进和第四进是主人的卧室。正屋后面是一排小厢房，是吃饭和藏储用的。第四进房屋后为花园和码头。

　　姚序东故居采用科学的框架式结构，即采用木柱、木梁构成房屋的框架，屋顶与房檐的重量通过梁架传递到立柱上，墙壁只起隔断的作用，而不承担房屋的重量。"墙倒屋不塌"这句古老的谚语，概括地指出了这种框架结构最重要的特点。这种结构，可以使房屋在不同气候条件下，满足生活和生产所提出的千变万化的功能要求。同时，由于房屋的墙壁不负荷重量，门窗设置有极大的灵活性。

姚序东故居采用庭院式的组群布局，即房屋都是前后串联起来的，通过前院到达后院，这是中国封建社会"长幼有序，内外有别"的思想意识的体现。家中长辈靠客厅居住，而那些应和外界隔绝的人（如贵族家庭的少女），往往生活在离外门很远的庭院里，这就形成一院又一院层层深入的空间组织。宋朝欧阳修《蝶恋花》词中有"庭院深深深几许"之句，古人"侯门深似海"也形象地说明了这种建筑在布局上的重要特征。

姚序东故居有浓厚的艺术氛围。在室内装饰方面，正屋地面都是清一色箩底砖隔空铺地，美观而整洁，人从上面走过，脚步落地有声，因此也叫"响厅"。响厅的地面吸水性好，家里始终能保持干燥，避免衣服、家具因受潮而霉烂。故居除了门前有石狮，墙上还有山花，门上还有楣子，床前还有隔扇。窗是雕花窗，床是花板床。还有雕花茶几，雕花凭栏。响厅里所有的家具皆为红木，工艺精湛，造型独特，雕饰精美，线条流畅，充分体现了口岸古代民居的特色。特别值得一提的是故居每进之间都有十几米长的天井，均为青皮石地面，内有小巧的凉亭，有精致的花台，有修剪得当的葡萄架，有古色古香的荷花缸。春天粉的桃花，夏天红的白的莲花，秋天紫的绿的葡萄，冬天雪地里黄黄的梅花，把这小小的方寸装点成了一个灿烂的世界。

姚序东故居还有着丰富的人文背景。二十世纪二十年代，姚序东回到家乡创办实业，在东边的会客厅里，他多次牵头组织地方人士共谋振兴口岸经济的宏伟大业，先后创建口岸周边最大的浴池——大观园浴堂，创办泰州开口岸的大源轮船公司，与人合作创办上海大通轮船公司，口岸至泰兴、口岸至泰州、口岸至龙窝公路建成后，又在古寿胜寺内开设口岸汽车站，为繁荣口岸经济做出了一定的贡献。在这里，姚序东多次邀请孙公甫、李春锦等社会知名人士兴教办学，造福桑梓。他还在这里与泰昌生木号老板商量，如何创办私立口岸中学。他还效法刘备三顾茅庐恭请诸葛亮的做法，三次上门恳请口岸教育家赵友琴出任口岸中学校长。也是在这里，他呕心沥血，多方沟通，组织制定以办理医疗、助产、防疫、促进公共卫生发展为宗旨的八条组织章程，极大地促进了地方卫生事业的发展。1940年姚序东担任泰兴县县长期间，曾克服一切困难，多次挫败日伪军的扫荡，并在宣堡巧遇东进途中的新四军陈毅司令。他被共产党新四军的抗日决心所感动，当即向陈司令表示："为抗日办事，当仁不让，赴汤蹈火，在所不辞。"他尽一切可能为新四军东进提供便利。姚序东一生省吃俭用，不吸烟，不喝酒，经常教育子女厉行节约，1940年泰兴县失守，他自己捐粮捐钱给新四军，毫不犹豫，体现了其识大体、顾大局的博大胸怀。

新中国成立初期，姚序东因曾任国民政府泰兴县县长一事，被定性为反革命分子而判刑，其故居被收归公有，成为当时泰兴人民银行口岸办事处和口岸派出所的办公用房。1954年，泰兴人民银行口岸办事处上书泰兴县政府，申请将姚序东故居定性为敌产，房产划至银行名下，不久，泰兴县人民政府复函不予批准。

1965年冬季，姚序东刑满回家，成为"四类分子"，居住于口岸柴墟西路一间狭小破败的小屋内。时值姚序东旧友、时任江苏省省委副秘书长、省政协常委的陈玉生（"草鞋司令"）回乡（泰兴）途经口岸，被口岸地方党政领导挽留观看省京剧团演出。陈玉生事先通过了解，已知道姚序东服刑回来，遂向口岸地方党政领导提议：要请姚序东看戏。当时在场的地方领导甚是惊愕，姚序东是"四类分子"，刑满回来正受人民管制，这样的人怎能请呢？陈玉生当即对在场的地方领导说："抗战期间，姚序东支援东进途中的新四军枪支弹药，给了新四军很大的帮助。黄桥战役前夕，陈毅将军曾讲，姚序东虽然是国民党的泰兴县县长，但他的举动、他的爱国热情和团结抗日的精神，也可以算是我们民主政府的县长。我不能忘记他，所以要请他看戏。"口岸大会堂内，陈、姚两位久别重逢的老友相会，陈玉生热情地称姚序东为"老姚"，并亲切握手，共同回忆过去团结抗日的情景。

1969 年冬天，一代名人姚序东撒手人寰。1994 年，随着政策的落实，姚序东故居终于物归原主，回到姚家人手中。2005 年，因高港城市改造，姚序东故居被拆迁，所有建筑材料被登记保存。

灶具的变迁

在我的印象中，小时候家庭的温馨总是和大锅灶连在一起的。

锅灶安排在房间一隅，俯视呈椭圆形，灶膛朝墙，面安两口铁锅。一口五张，一口八张。小锅做人吃的，大锅做猪吃的。两口锅之间安个小汤锅。锅灶朝外的墙上有个猫大的窝，是留着烘鞋的，冬天的棉鞋经常被雨水浸泡，晚上睡前把鞋放在这里，锅灶里有余温，第二天便能穿上干松的鞋子了。室内的烟筒呈长方形，很大，上面安了很多的窝，有放油瓶的，有放火柴的，还有放油灯的。那时每每放学回家，先奔锅灶，揭开锅盖，看看有啥好吃的——其实在那个年头，有啥好吃的呢？粗茶淡饭，能填饱肚子就不错了。

正常情况下，在灶台上劳作的，永远是我母亲。偶尔，我会掇掇忙，比如洗碗烧火之类的，但母亲一般不让，说姑娘人家，将来到婆家又要洗，现在跟着娘，且享几天福吧。母亲先炒菜，炒完了放旁边小桌上，用东西盖好，然后做饭。我初中毕业参加中考的那几天，母亲怕我挨饿，总是从菜粥里捞米放在汤锅上蒸给我吃。有段时间，我身体不适，母亲总是早晚把药熬好，把药罐埋在刚做完饭的灶膛里，等我下班回来端给我喝。一年暑假，我晚饭在家煮大麦粥，锅上锅下忙不过来，居然把粥潽得满地都是，吓得大哭。母亲没有打骂我，而是教给了我许多做饭的技巧。

那年邻居家起房子，母亲同情他们孤儿寡母，不但让人家搬到我家住，还让人家和我们合用锅灶三个月，人家一直到现在还念念不忘呢。

二十世纪八十年代，知青回城，我们全家也重新迁成了城镇户口，吃上了国家的计划粮，烧上了国家的计划炭。没有了柴源的我们，把大灶台换成了煤炭炉，从此告别了"冬天抢火烧，夏天抢米淘""锅上一身油，锅下一身灰"的窘境。晚上把炭炉封起来，早上开。后来发现这样多用了炭，干脆不封，早上燃。父亲一有空就把家前屋后的木柴劈成两三寸长的木块，用布袋子装好，留着燃炉子，母亲每天很早就起来燃煤炭炉，用一把坏扇子助燃，为我们姊妹五个做早饭。有一天母亲稍稍起晚了一些，我们都没吃上早饭，为这事，母亲念叨了一辈子。我参加工作后，每天晚上下班到家第一件事就是燃炉子，烧水做饭洗锅抹碗后，早已夜深人静。有了煤炭炉，每天得勤看着，否则，炉子会熄灭，煮饭还得重新燃炉子，更让人着急的是，这煤炭炉你要它火大的时候它大不起来，要它火小的时候小不下去，很不方便。

我委实用不惯这种煤炭炉，向扬州的弟弟抱怨。弟弟说，现在生活节奏快，我们那里早就不用这种煤炭炉了。他第一时间给我送来了一个煤气炉，带架子的，有两个简单的灶头。要用，拧开煤气瓶，用火柴点燃，"噗"的一声，蓝色的火苗便立马熊熊燃起来。虽然煤气炉结构简单，灰头土脸，但还是让我欣喜若狂，周围邻居也看得眼热。于是，早上，一个灶头熬粥，一个灶头煎蛋；中午，一个灶头炒菜，一个灶头烧汤；晚上，一个灶头煮饭，一个灶头热菜。火头大小可以控制。周末假日，家庭聚餐，不需多长时间，炒的烧的摆满桌子，大家谈笑风生，大快朵颐，尽享天伦之乐。

前几年，趁着建设社会主义新农村的强劲东风，我家改造了旧房子。房子装修后，越发觉得这种架子式的煤气炉可以淘汰了，因为它跟上下左右都是白白的瓷砖的厨房显得格格不入，于是，一个带油烟机的封闭形的不锈钢煤气灶代替了它。为了迎接新煤气灶的到来，我们给它配了一套大理石面橱柜，把新的煤气灶安放在橱柜上固定起来。厨房里也装上了空调。这样一来，整个厨房发生了翻天覆地的变化——更合理，更卫生，更现代，更科学，也更养眼养心。无论是在厨房里做饭还是吃饭，感觉都是一种享受。每天吃过晚饭，洗锅洗碗，打扫卫生后，看着整洁的台面、了无灰尘的地面，疲倦全无，工作学习热情高涨，效率也变得高起来了。

新房落成那天，姐姐送来一件东西，打开一看，原来是一台电磁炉。四四方方的，黑黑的台面锃亮锃亮的。虽然以前就知道这东西，但自己还没真正用过。后来一用，才觉得这才是自己想要的灶台。虽然只是一方小小的台面，但它蒸、煮、炖、涮样样全行，即使炒菜也完全可以。而且，由于它采用电加热的方式，没有燃料残渍和废气污染，因而锅具、灶具非常清洁，使用至今仍鲜亮如新。还有，它不产生明火，不会成为事故的诱因，甚是安全。更重要的是，电磁炉加热升温快速，电价相对又较低，计算起来，所费并不多，十分经济。真是集灶具之大成者也！

如今的厨房，台面上摆满了各式各样的灶具：煮饭的电饭锅、煲汤的高压锅、火锅、电煮锅、养生锅……应有尽有，眼花缭乱。周末的下午，沐着午后的暖阳，品着养生锅里暖暖的红枣枸杞茶，读一卷诗书，内外兼修。

从早年的大锅台到如今的养生锅，从早年的柴火灶到如今的电磁炉，我家灶具发生了翻天覆地的变化，而透过这种变化，我们看到的是逐步走上小康的口岸人，是改革开放后腾飞的祖国！

一片丹心铸昆仑

　　二十世纪六十年代，口岸周边地区悄然兴起一股办厂之风，以工补农，以工扶农。1968 年，口岸大队宣堡港以北八个生产队的队长达成一项协议，也办一个厂，叫"口岸工具厂"，每队出一个人、出 300 元钱，由原新生队的队长杨春荣任厂长，韩久林担任会计。厂房安在哪里呢？当时口岸大队没有闲置的厂房，于是临时借用了虹桥生产队的一个弃用的仓库，到无锡请来陈剑安师傅做技术顾问，这样，一个简陋的班子就搭起来了。

　　付荣生二十五岁那年身患黄疸肝炎，医生说尽量避免做重活，于是第二年，他的父母就找人把他安排进了口岸工具厂，跟着陈剑安师傅学钳工。当时厂里产品还比较单一，主要是生产手工丝锥，但是设备跟不上，很多环节要送到无锡去完成，很不方便。

　　1970 年，口岸大队下决心拆了电灌站和一座叫小大殿寺的小庙以及以前大地主的房子，在脚蹬厂对面建了两间厂房，把工具厂从虹桥生产队搬了过来，兼并了口岸五金厂和口中的纺织机配件厂，正式定名为"口岸镇工具厂"。刘凤英任厂长，李荣发任总账会计，薛玉云任现金会计。但是几年下来，厂里效益始终不尽如人意。特别是到 1973 年，效益发生大滑坡。为防止意外，口岸大队召开紧急会议，免去了刘凤英的厂长职务，任命张金根为第三任厂长。可是天有不测风云，正当张金根想借助平台大显身手时，却不幸身患癌症，1975年11月撒手人寰。张金根知道自己病得不轻，去世前曾多次到付荣生家，叫付荣生做生产科长，而付荣生怕弄不好，辜负张厂长的信任就一直没答应。张厂长去世后，大家什么事都来问付荣生，业务上的事来问，行政上的事也来问，那一段时间，他既做工人，又做领导，成天忙得像个陀螺。

1976年是不平凡的一年，那天晚上，付荣生和几个工人正在厂前空地上淬火，淬火一般在晚上，因为看表比较准确。突然警报送起，原来地震了！他们看着1300度的火炉，心里犯愁：这家伙如果滚到哪里，后果不堪设想，怎么办呢？一个师傅忙中生乱，端起身边的冷水盆就朝火炉上浇，只听"砰"的一声巨响，火炉爆炸，砖块乱飞，万幸的是，没有人员伤亡。后来一个好心人提醒付荣生，厂里的法人代表依然是张金根，你现在既做自己的事，又在无偿地做张金根的事，你吃的苦我们大家都看在眼里，打心眼里感谢你，但是，这么大的厂，万一出了什么事故，谁来承担责任？付荣生想想也对，就去找口岸大队书记李正春，把厂里的现状向他做了个汇报，并请求尽快变更法人代表，李正春很赞同付荣生的观点，立即向镇上张家仁书记反映。后来张书记派人来厂里考察，找厂里的工人开座谈会（这时张金根已不在人世了），大家对付荣生的工作和思想素质评价很高。于是1977年，镇上正式发红头文件，任命付荣生为厂长，付荣生正式走马上任。

当时厂里效益还是一般，每年把赚的钱给队里分红，每人也只能分得一元两元，付荣生却陷入了沉思：大队办厂的初衷是为社员谋利益，从现有情况看，这利益实在太少太少了。怎么才能让群众利益最大化呢？付荣生提出一个大胆的设想，就是在生产工具的基础上生产模具，因为模具的品种比较多，他的建议得到大家的一致认可，于是，他们又开始了模具生产，主要品种有板牙、车床车刀、机用丝锥等，并申请注册了"工农牌"商标。产品做出来了，销路呢？付荣生又陷入了沉思。1978年，付荣生硬着头皮找到省轻工厅谈模具的事情。轻工业厅一轻局局长是泰兴蒋华人，听了介绍后，对他们的模具很感兴趣，也很想拉家乡人一把，就想把他们的模具生产纳入国家计划。但是耳听为虚，他心中没底，于是亲自来考察。看了他们的模具后说，你们先做着吧，纳入计划那是迟早的事。

1979年，付荣生又去省轻工厅介绍他们的模具。省轻工厅领导说，模具不能纳入国家生产计划，但是铜丝能，你们能生产铜丝吗？付荣生毫不犹豫地说："能！"厅里领导说："好，给你们生产。"当时，付荣生是来抢活的，至于铜丝怎么做，他心中没底，但是话已经说给人家了，怎么办？付荣生拉着陈剑安师傅去上海、无锡摸情况、学技术。白天到人家厂里看，晚上回到宾馆画图纸，琢磨技术要领。回来后先做了四台设备，开始生产铜丝。因为他们的厂靠近宣堡港，所以进货一般是水运，一船50吨，船一到码头，付荣生带领干部职工一起出动，卸货运货，以降低成本。两个月后，产品出来了，他们把省里的专家请来验收，验收结果很不错！于是省轻工厅决定把他们厂生产的铜丝先送给徐州灯泡厂用，请徐州灯泡厂做个试用报告，同时，他们根据徐州灯泡厂的建议不断改进、再改进，三五次后，终于各项指标全部符合要求。1980年，由省轻工厅崔兴云带队，率全省灯泡厂厂长前来考察，考察后宣布，将他们厂正式列为省铜丝生产的定点单位，负责全省的铜丝供应！这个好消息真是大快人心啊，全厂沸腾！趁着定点的东风，他们厂改名叫"泰兴市电光源材料厂"，1982年增加的镀镍铁丝、钢芯丝、焊锡丝、杜美丝等产品又被纳入国家轻工部计划，产销步入正轨。其中T2纯铜线荣获江苏省优质产品称号，并申请注册了"昆仑牌"商标。厂里销售额年年攀高，要求进厂工作的人迅速增多，职工人数已达400多人，厂里出现了一次小小的繁荣。

1985年，口岸镇党委书记单维群把付荣生叫到他的办公室，说上级要求每个乡镇要办一个福利工厂，安置盲人、聋人等残疾人员就业，体现党和政府对这部分人的关怀，体现社会主义制度的优越性，而且有利于解除残疾人员家庭的后顾之忧。镇党委研究决定，由你们厂来承担这项任务，因为从目前情况看，只有你们厂能承担得起。付荣生想：帮助国家和政府排忧解难是我作为一个公民义不容辞的责任，就爽快地答应了。1989年正值计划经济向市场经济转型时期，在全厂同志的共同努力下，他们厂先后被评为江苏省先进企业、江苏省文明单位、江苏省档案管理先进企业，获得扬州市质量管理奖，连续多年被评为泰兴市重合同守信用企业。

1999年，高港区成立，区委书记葛玉书带他们到北京征订项目。他们住在江苏饭店，而付荣生则悄悄地住进了轻工部旁的小饭店。他的目的很简单，就是办事方便。经过多次沟通，轻工部终于划给他们项目。争得项目后，高港区在许陈村画地40亩给他们建新的厂房，付荣生又投身到基建中。他马不停蹄地谈征地事宜，丈量土地，拟写协议，真的是夜以继日。在建厂房的同时，付荣生四处购设备，所以厂房历时一年半竣工，所有的设备也已到位，工厂立即投产，这个时候，该厂已从电光源材料跨到精密合金材料领域，先后开发了 1J 磁性合金、4J 膨胀合金、5J 热双金属，产品市场扩大，美誉度逐年提升，市场覆盖率一度达 50% 左右，2000 年通过产品验收。记得新产品刚投产时正值盛夏，为确保新产品质量，付荣生与工人吃住在一起。有一次他三天三夜没回家，每天三顿饭由年迈的老母亲颠着小脚用竹篮送过来。那次老母亲见了付荣生，眼泪汪汪地说："儿啊，你也该回去换件衣服了，你看你身上都臭了。"

2000 年，该厂实行股份制，由口岸镇政府、付荣生、工人三方持股，厂名再次更改为"江苏昆仑光源材料股份有限公司"。2002 年，工厂再次改制，产权归付荣生，时任口岸镇党委书记徐克俭与付荣生签订了产权转让合同。2006 年，付荣生正式退休，樊伟接任，更换厂名为"江苏昆仑光源材料有限公司"，2015 年，根据高港区政府的安排，厂址由原来的许陈村搬迁到高港区临港经济园临港大道。付荣生退休不退任，依然为新厂的基建等诸多事宜奔忙。

如今的江苏昆仑光源材料股份有限公司有员工 280 余人，其中高级工程师 5 名、各类工程技术人员 30 名，占地 80 亩，固定资产 8000 万元，年产各种金属材料 3000 多吨，产值 2 亿元，各类先进设备 100 多台，其中有国内最先进的热双金属室温固相复合生产线，产品多样，其中杜美丝产品质量稳定，成为国内高端客户的指定供应产品。合金材料市场前景看好，先后建立了市场重点实验室，被评为省级高新技术企业和科技小巨人企业，"昆仑牌"商标荣获江苏省著名商标称号。

从几个人的小作坊到几百号人的大工厂，从名不见经传的小五金到盛名远扬的大昆仑，付荣生付出了艰苦的努力，克服了常人难以想象的困难，他无怨无悔。回顾几十年的创业历程，付荣生感慨万千：口岸镇工具厂能走到现在，多亏了党和政府的信任和培养，同时他也深深感到，任何事，只要把心贴在上面，脚踏实地去做，用心做，没有什么做不好的。

小工厂，大作为

金秋十月，丹桂飘香。行走在位于高港区临港经济园的江苏天华索具有限公司车间里，只见五颜六色的吊装带静静地"走"下生产线，一旁的工人从容地装车，然后贴上注明产品订货国家和地区的标签。这一箱箱吊装带将从这里发往集装箱码头，然后奔赴世界各地。可谁也没想到，就是这样一个小厂，其产品广泛应用于长征系列火箭发射前的吊装，在探月工程、载人航天、北斗卫星导航系统建设中发挥了积极作用，在美国、欧盟的火箭发射中也屡见其身影。真是小工厂，大作为！

勤奋浇开成功花

江苏天华索具有限公司，现有建筑面积 2 万多平方米，固定资产 1.2 亿元，职工 120 多人。公司拥有先进的生产设备、雄厚的技术力量、权威的检测手段、完善的质量管理体系。公司主要生产的超高分子量聚乙烯纤维（迪尼玛）吊装带及合成纤维吊装带，产品达到国际标准，产品畅销国内二十几个省市，广泛应用于航空、冶金、铁路船舶、钢铁矿山、油田、港口、化工、电力等行业，并远销欧洲及美国、日本、澳大利亚等国家，深受国内外客户的青睐。

另外，公司还通过了 ISO9001：2008 和 2015 国际质量管理体系认证、

GS 认证、CE 认证、GB/T28001-2001.18001：2007 职业健康安全管理体系认证、IS14001：2004 环境管理体系认证，取得国家高新技术企业证书，获得江苏省著名商标称号，拥有 4 项发明专利，连续多年通过铁道部产品质量监督检验中心检测并参与了两项国家高分子吊装带铁道行业标准 TB/T3123.11-2009 铁路行车事故救援设备高性能合成纤维起重吊索的制定。公司产品拥有中国平安财产保险股份有限公司的产品责任保险。公司资信等级经中国人民银行南京分行评估为 AAA 级。总经理王宏贵也因此成为高港区的农民企业家，被人民群众选为高港区口岸商会副会长，第一、二、三、五届政协委员，并于 2004 年加入了中国民主促进会。

创业艰难辛酸多

王宏贵的祖祖辈辈都是田河土生土长的农民。在那个缺吃少穿的年代，跟千千万万父老乡亲一样，他们的生活不尽如人意。由于家庭经济困难，1983 年高中毕业后，王宏贵狠心掐断了复读升学的念想，跟在别人后面做起了泥瓦匠。那时，家乡田河一直以生产销售绳网编织带出名。一次偶然的机会，王宏贵开始了他人生中的第二份工作——销售编织带。自从做上了销售，王宏贵就拼上了，整年出差在外到处跑，北京、河北、山西等地都留下了他的足迹，洒下了他辛勤的汗水。

1985 年，他终于在山西寿阳供电局签下一份 6000 元的大单，一下子赚了 2000 多元，看着这沉甸甸的第一桶金，他感觉就像在做梦，激动得差点晕过去，腿都站不稳。那情那景虽时隔三十多年，他依然记忆犹新，每每提及，总是感慨不已。

1992 年，王宏贵用省吃俭用存下的几万块钱在村里办起了一家作坊式的编织带厂，取名为"泰兴市通海索具厂"，自己既做老板又跑供销，繁重的工作常常弄得他吃不好饭，睡不好觉。后来工厂规模越做越大，三年后，便成立了自己的第一家公司——泰兴市通海索具有限公司，并新建了厂房，销售从最初的每年200多万元增加到6000多万元，成为业内小有名气的企业。

倔强精明的王宏贵并不满足，他认为必须持续打造竞争力，成为细分行业的龙头老大，企业才能立于不败之地。2014年，天华索具项目在临港经济园安家落户，总投资1.1亿元。项目按照国际一流标准设计建造，其中设备投资超过总投资的30%，并有来自瑞士的国际最尖端装备。虽然进口每套设备价格是国产设备的十多倍，但生产效率是普通设备的四倍，而且自动化、智能化程度较高，整个车间只要13名工人，是正常情况下的八分之一，节省了大量人力成本。该设备还具有噪声小、质量可靠等特点，成为抢占行业制高点的重要法宝。

2016年下半年，新天华索具投入试生产，王宏贵更忙了，整夜不睡觉那是常事，他事必躬亲，几个月下来人瘦了一圈。功夫不负有心人，吊装带、收紧带等产品均通过国家验收，目前，日均生产各类产品40吨，令其他企业望尘莫及。同时，其产品的质量、科技含量和附加值也稳居龙头首位，拥有很大的市场话语权。

创新质量双护航

一个名不见经传的小作坊如何成了一家国内外闻名的企业呢？

首先，质量是企业的生命。吊装带、收紧带都事关安全生产，必须确保每一根产品绝对安全可靠。天华的产品策略是：以最科学的产品设计，以最可靠的产品质量，致力于提升服务质量，致力于提升客户的满意度。为此，天华索具投巨资建设专业的产品质量检验中心，并着力构建从原材料采购到系列生产再到出厂的全程可追溯质量管理体系，严把质量安全关。去年，该企业通过全球标准最严格的欧盟 GS 认证，成为行业领跑者。

其次，创新是企业不断发展的唯一途径。天华索具与南京航空航天大学开展深度产学研合作，聘请国内顶级专家加盟研发团队，在高分子材料领域进行核心技术攻关，并取得重大突破。他们实现了同样产品的轻质化、原材料减量化和价值最大化，成本比一般企业降低 8%，市场竞争力更强。目前，该企业拥有 4 项发明专利，并参与制定两项国际高分子吊装行业标准，在同行业中遥遥领先。去年，天华索具获得高新技术企业认定以及江苏省民营科技企业认定，2016 年还获得兴源认证中心有限公司颁发的质量管理体系认证证书。

王宏贵在二十世纪九十年代后期就敏锐地发现电商销售的强大力量，他让儿子王志玉在大学学习电商专业，毕业后直接回乡到企业工作。目前父子俩一个主外，一个主内，儿子王志玉发挥专业特长在电商销售上如鱼得水。此外，为进一步拓展国际市场，父子二人每年都会赴美国、欧洲、中东、非洲和日本等国家和地区参加各类展销会，拥有了众多的外国"粉丝"，凡用过该企业生产的产品的国家和地区，都赞不绝口。

"我们的目标是今年出口 8000 万元，明年突破 1 亿元，进一步巩固行业龙头地位。"王宏贵曾经满怀豪情地表示，有党的英明政策又有党的十九大精神的指引，更有习近平新时代中国特色社会主义思想的指导，相信父子俩一定不辜负党和人民的期望，一定进一步解放思想，积极作为，带领企业勇于创新，深化改革，积极回报社会，在新的时代展现新气象，做出新贡献。

第六辑　灯下漫笔

一朵有温度的米兰

听说庞余亮先生的《小先生》获得了 2022 年鲁迅文学奖,我立即买了一本读起来。

《小先生》主要写 1985 年,十八周岁的庞余亮读完师范,拿到"硬本子"后到一所乡村小学教书十五年的结实的人和经历事。二十世纪八十年代,我国乡村小学的教育是落后的,学生是顽皮的,生活是单调的,但庞老师的文字是温情而灵动的,感情是坚实而饱满的,所有这些因爱而温情、而饱满的文字,温暖了纸页,也温暖着我的心。

苏联教育家苏霍姆林斯基说,一个好教师意味着什么?首先意味着他爱孩子。小先生爱孩子吗?答案是肯定的,因为他总能从孩子身上找到闪光点,并想方设法地去爱他们。小先生爱学生有自己独到的方式,比如他的口袋里经常装一方手帕,那是准备给学生揩鼻涕的;改好的作业本,小先生会把上面的卷角一一抹平,再用几本书压上;听到金十月歌咏会上孩子们没有伴奏的歌声,小先生仿佛听见了棉桃在田野里吐絮的声音;一个学生永远不在了,小先生会感到这是世界上最疼痛的夭折;学生父母离世,小先生会被学生鞋前贴的白橡皮膏"灼"疼;《我爱野兔》里那个浑身很脏、曾用小锹铲掉人家牛尾巴的被叫作"野兔"的孩子告诉小先生他要辍学去远方学做木匠手艺时，小先生的"心往下一沉"，去野兔家连比画带吼叫地跟野兔的聋父亲讲道理，但野兔的父亲还是把野兔带走了，小先生只能经常在课堂上想象野兔能在上课前一分钟冲进课堂。也许是小先生认为野兔虽野，但绝对可以凭着学业有更好的发展，他是替他的学生可惜。

里下河地区是一个以农业渔业为主的地方，二十世纪八十年代，这里还是一片贫瘠的土地，孩子交不起学费是常有的事。小先生总能站在家长的角度看待学费问题。《扛冬瓜的家长》里的那个家长，因孩子交不起学费，把自家小山一样的冬瓜全部运到学校。让小先生吃了几个月的冬瓜宴。小先生作为班主任非常相信农民家长的保证，因为小先生知道"一分钱逼死英雄汉"的道理，看过罗中立的油画《父亲》，农民家长的手就像那捧起粗瓷大碗的手，皲裂的指头用膏药缠着，小先生认为农民家长的保证是世界上可信度最高的保证。

我也是一个从乡村学校走过来的老师，深知乡村教育生活的寂寞和艰苦。比如上课只有一支粉笔、一块黑板、一本教参，除了体育课，上课地点就是在教室，课堂教学模式总是跳不出填鸭式，学生书包里总是书和本子，没有课外书和学习资料。为弥补学习资料的缺乏，我们只能刻印试卷，因为白天有课，试卷只能在晚上刻，一张蜡纸、一块钢板、一支铁笔。冬天刻钢板滋味很不好受，手冻僵了，握不住笔，得不停地把手放到嘴边哈气，但小先生对这些并不过分在意，他总能从寂寞中找到乐趣，边刻试卷边在罩子灯上面煮鸡蛋。试卷刻好了，鸡蛋也熟了。小先生是用小小的乐替代了大大的苦，苦中找乐，他用寂寞刻成了一张张美丽的试卷。

二十世纪末，农村中有一支特殊的教师队伍，他们不多的工资由乡镇发，他们学历不高，或初中或高中，有责任田，但从事着跟有"硬本子"的教师一样的教育教学工作，有的还是业务上的骨干，他们就是民办教师。小先生对这些民办教师同行充满了理解和同情，他是这样描述他们的："忙假后，那些忙完农事的民办教师——回来了，与离校时相比他们更瘦了，更黑了，他们仍然微笑着在当当的钟声中走进教室，用刚握过镰刀的手在黑板上写字，那是标准的板书姿势。"这些带着温度的文字是给那些民办教师最好的慰藉。

相传纣王死后，周武王不偏袒自己旧时的朋友和亲属，而是用仁政来感化普天下的人。天下果然很快安定下来，民心归附，西周也更强大了。这是著名的"爱屋及乌"的故事，"爱屋及乌"比喻爱一个人而连带地关心到与他有关的人或物。小先生因为爱学生、爱教育，以致对身边的生灵也充满了温情。农村学校一般不装大门，一些有经验的"客人"时不时"莅临指导"：一会儿几只红翎雄鸡跳到三年级的窗台上引吭高歌，一会儿一头浑身是泥的猪闯入办公室的大门嗯嗯地发表意见，一会儿两只白鹅在五年级教室门口一唱一和……作者管那些有求知欲但不守纪律的猪狗羊叫"留级生"，管那些偷偷溜进学校的胆子小一点的鸡鸭鹅叫"旁听生"，管那些被学生瞧不起而只有在雨后才进学校的癞蛤蟆叫"借读生"，生动地写出了这些不速之客对学校教学秩序的干扰，读来有趣。在农村，小丝瓜是司空见惯的植物，在小先生眼里，铁喇叭一响，铁丝上的小丝瓜们便晃来晃去，一二三四，二二三四，像原地踏步，多么有组织纪律性的小丝瓜！

《小先生》写的是乡村学校平凡的人、平凡的事，但作者叙述语言相当流畅，读起来毫无障碍。语言相当真诚，对人、对物、对自己的感受不拔高、不贬低，实事求是，令读者读起来有种被尊重感。《小先生》语言相当生动，这得益于文中大量的比喻句。这些比喻句形象、生动、贴切、有趣，如果不是认真地观察生活、思考生活，是很难达到这种境界的。

读完《小先生》这本书，我意犹未尽，反复地摩挲它，像是欣赏一件稀世珍宝：32 开本，放在包里正适宜，方便随身携带；布做的外封，摸上去很有质感；书上附有一个精致的腰封和一张两页的贺卡，还有一根绿丝绸做的书签带，美观大方而实用；封面上方五分之二的白色上，用黑色的正楷端端正正地写着"小先生"三个字，它的旁边写着作者的名字，名字下面有两行绿色的英文字母"Little Teacher"；封面下方五分之三是墨绿色的，上面点缀着星星点点的米兰，有几朵是醒目的黄色，米兰的花语是爱，代表着生命的勇气和激情，花朵虽小，但迸发的魅力不容小觑，我想这小小的米兰就像是小先生，个子虽小，但有大爱，内心又超乎常人地强大。感谢鲁迅文学奖的评委，把这朵米兰送到了我的面前，让我对自己过去的教育生涯有了反思的欲望，对未来充满渴望和憧憬。

帮助，比批评更有效

　　女儿上初一了，对新学校的一切都感兴趣，上学放学饭前饭后，喋喋不休的大多是学校的事情：谁今天迟到了；谁今天黑板没擦被老师批评了；今天中午的数学作业多，要早点去了；下周要会操比赛了……一次女儿无意中讲了一件事，我倒是好好听进去了。事情的大概是这样的：早上英语课上，女儿听着老师讲课，听着听着，手就不自觉地摆弄起笔来，老师看见后，没说什么，一边读着书，一边走到她身边，轻轻地从她的手中拿掉笔，然后又轻轻拍了一下她的背，女儿会意，立刻坐正了身子认真听起课来，而这一切是正在读书的同学们看不见的。女儿说这个故事的时候，一直窃笑着，是那种感激而又害羞的笑。我不禁想起了那件事。

　　那天朱小丫又迟到了，从开学到现在，她经常迟到，任课老师老是抱怨，同学也对她很反感，我每次找她，她总是欲言又止，然后保证明天一定按时到校，第二天果然好些，但过了几天，又外甥打灯笼——照舅（旧）了！于是我请来了她的家长。

　　来的是她的妈妈，一个很朴实的女子。我请她坐下，先询问了一下她家里的情况，从她的介绍中我知道，她是镇江人，因为常年在这边打工，所以把两个孩子都带来了。小丫是老大，下面还有一个九岁的妹妹。从她的穿着和眼角的皱纹看得出来，一个单身母亲带着两个孩子，生活确实不易。我简单地说明了请她来的原因，没想到她竟然一下子激动起来："这孩子从小就是这样，做事磨磨蹭蹭的，没性子，连吃饭都吃不过她的妹妹，为这没少挨我打。我对她真的一点办法也没有。"说着说着，还抹起了泪。我叫来了朱小丫，问她吃饭能否快点，她沉默着不说话，再问，她竟呜呜咽咽地哭了，说早上起来不想吃饭，吃了就想吐，妈妈越是催还越是吃不下。我想了想就对她妈妈说："你星期天带她去看一下医生，看看这是不是病，是病的话不管怎样都要治，如果不是病，那以后叫她把早饭带到学校来吃吧，开水我提供。"母女俩都觉得这办法行。从那以后，朱小丫再也没迟到过。

人非圣贤，孰能无过？特别是正处于成长发育阶段的学生，犯错误更在所难免，作为一名教育工作者，如何正确对待学生的错误？我觉得批评是一种手段，但帮助她们解决问题效果会更好。

也说"孝"

"孝"的篆文写作"𦻎",上面从"老",下面从"子",意思是小的背着老的,或者小的搀着老的,是一种行为方式。中国是个有着几千年孝道传统的文明古国,从二十四孝到"精忠报国",从陈毅将军为病母洗尿裤到田世国捐肾救母,孝正以特有的方式在人类代代相传着。

上次朋友聚会,席间友人谈到邻家女儿赡养老母一事,大家一番感慨,后首想想,似乎对"孝"又多了些理解,觉得凡孝有三:一孝食,二孝色,三孝志。

古语说:民以食为天。孝顺的头一桩事便是让父母吃饱。常听人拍胸脯向父母承诺:你别愁,有我吃的就有你吃的,我哪怕讨饭,也要让你先吃饱。外人总会向说话者投去敬佩的目光,心中漾起一股暖意。但现在看来,那位仁兄还做得不够,在社会不断进步、生活水平日益提高的今天,我们可曾想过,让父母在吃饱的同时,吃好?比如,尊重父母的饮食习惯,兼顾父母的健康状况。曾在望海楼论坛里读过姜堰网友缪荣株先生写的《半碗冷饭》,说的是每天吃饭时,儿子吃完了一碗,父亲才吃了半碗,这时儿子就把自己刚盛的一碗热饭换给父亲吃而自己吃父亲的那半碗冷饭,特别令人感动。这半碗冷饭里包含了多少细心和关心，远比那昂贵的"满汉全席"来得贴心，来得实惠！

色，即言谈举止，脸色、神色、孝色，即言谈举止和颜悦色。你的"和颜"代表的是你的涵养和你的能力，更重要的是它带给父母的是"我很好"的信息，这是父母特别期待的，也是父母的晴雨表。他们会有一种安全感，会为之心安，会为之吃得下饭睡得着觉，于是快乐便由心而生，从容生活，颐养天年。如果你顿顿佳肴却对父母言之不恭，父母能吃得下吗？即使吃下去了，也会"横"在心里，久了，会影响健康。出门道个别，进门问声好，会营造一种和谐的家庭气氛，于老、于小、于自己、于家庭都是有百益而无一害的。

孝志，往小说，就是想父母所想，做父母想做。父母渴了，端去一杯水；父母病了，送他们去医院；父母寂寞了，回家陪他们聊聊天。往大说，就是完成他们晚年未尽的事。不要以为"理想"只是年轻人的事，其实父母也有理想，有的只是由于种种原因无能为力而已。常听说"死不瞑目"，觉得那也算是人间悲剧了，倘若这悲剧的根源在子女，那子女会被人指着脊梁骂一辈子的。做子女的只要留意，都会发现父母的理想，如果跟父母一起去努力，父母会乐意，即便未果，他们也会"瞑目"。他们心安而去，子女也会心安一辈子。印度有一位名叫凯拉什吉日·布拉马赤里的印度教信徒，为了满足盲人母亲的朝圣愿望，不惜花费 8 年时间，带着母亲徒步走了 3700 多英里（相当于 6034 公里），他们一路走一路参拜，许多人将他们称为"圣徒"。有时一些貌似不可能的事，通过努力也会实现，是所谓"事在人为"。

读过《水浒传》的人，谈到李逵，总有"虽丑但不恶"的感觉，因为李逵有一颗孝心。可见，一个有孝心的人，必是一个本质上的善者。羔羊知跪乳，乌鸦懂反哺，你连生你养你的父母都不能包容，你还能包容谁呢？

走出课堂写银杏

秋高气爽、丹桂飘香的时节也正是家乡收获银杏的时候，望着蔚蓝的天空下那一棵棵金色的银杏树和树上一串串金色的银杏果，我常有一种冲动：要是让学生把它描写下来那该多好！于是，我兴致勃勃地做了一次尝试。

俄国教育家乌申斯基说："没有丝毫兴趣的强制性学习只会扼杀学生探索真理的愿望。"因此，我首先设置情境，激发兴趣。我问："如果泰州市征集市花，那我会推荐梅花，因为泰州是京剧大师梅兰芳先生的故乡，如果泰州市征集市树，你会推荐什么树？为什么？"一石激起千层浪，学生纷纷举手回答，有的说柳树，有的说松树，还有的说梧桐树，推荐最多的是银杏树，他们的理由是我们家乡到处都是银杏树，银杏树最适宜在我们这里生长……我又问："家乡人为什么这么爱银杏，难道仅仅是因为它易生长吗？"学生又争先恐后地说，银杏树能美化环境，有实用价值，还有医药、美容价值……我问，如果请你介绍家乡的银杏，你会怎么说？学生开始思考，我趁热打铁："巧妇难为无米之炊，大家带上纸和笔，跟我出去走走好吗？"学生一致赞成。

活动很顺利地进入第二个程序——观察。巧的是学校旁边就有几棵高大的银杏树，我们走过去边看边聊。我问："银杏树跟别的树比较，在外形上有什么特点？"学生回答："银杏树的枝干笔直向上，几乎没有斜生的，像白杨树。"我问："谁能描述一下银杏叶？"一个学生答，银杏叶像一把小伞。一个学生答，银杏叶像一条长裙。我又问："谁能描述一下银杏果？"学生答："银杏果是椭圆形的，比杏子小多了，最外面有一层薄薄的皮，里面依次是果肉、果核。"我问："你们都吃过银杏果，知道它怎么吃吗？它好在哪里？"学生答，有点苦，可以放点糖吃；银杏果能强身健体；我奶奶以前经常头昏，吃了一段时间的银杏果，头就不昏了；银杏果对妇女病有一定的疗效……我又问："谁知道银杏果为什么有这样的疗效呢？"学生面露难色。我告诉大家："大教育家孔子说，知之为知之，不知为不知，是知也。这样，我们去请教一位特殊的老师吧！"我们来到微机房，开始第三个程序——上网查询资料。网上对银杏的介绍很详细，学生们如饥似渴，纷纷拿出纸笔择要摘录，微机房里鸦雀无声。

最后，我们回到教室，我出示了这次作文的题目：家乡的银杏。从学生自信的表情看，他们已经跃跃欲试了。我问："从题目看，本次文题宜写成什么文体？"学生答，散文或说明文。我问："题目中'家乡'一词怎么理解？"学生答，点明银杏所在地，暗示一种自豪感。我问，如果写成文，你打算从哪几个方面写？学生答，首先是外形，其次是价值，可以插入银杏有关的传说。我问："说明文讲究顺序和重点，本文的顺序和重点如何安排？"学生联系已学过的课文回答："可以按由表及里的顺序，重点介绍银杏的价值。"我说："说明时可以用哪些说明方法？"学生回答，可以列数字，比如介绍银杏树的数量和栽种面积；可以引用，比如引用别人的评价；可以分类别，比如在说明银杏的价值时，可以从实用价值、药用价值、美容价值和环保价值等几个方面写；还可以描写……我特别强调了一定要抓住银杏的特征写，要写出银杏与其他干果的区别，最后我说："银杏是我们家乡的特产，也是我们家乡的骄傲，让我们怀着自豪的感情，用认真的态度一起来完成今天的作文吧！"学生立即伏案写起来。

从学生作文的热情看，这次作前指导是成功的，它的成功之处主要有这几点：首先是打破了传统的作文指导模式，把作文指导的地点由教室内扩大到教室外，给学生一种全新的感觉，调动了学生的兴趣；其次，带领学生找到了充足的"米"，让学生觉得有话说；最后是教给了学生"煮粥"的方法。总之，解决了学生作文中可能遇到的困难，而这一切都是在轻松愉快的气氛中进行的，真正做到了寓教于乐。后来我班印宇同学的作文被《泰州日报》刊登。

读《第56号教室的奇迹》

《第56号教室的奇迹》讲的是一位名叫雷夫·艾斯奎斯的小学老师的教学经历。他在洛杉矶市中心一间会漏水的小教室里，用爱心和智慧，创造了充满奇迹的"第56号教室"。他用自己独特的教育方式，把孩子变成热爱学习的天使；他用热情的教育态度，把教室变成了温暖的家；他在不断探索中找到了一系列科学的教育方法，培养了一大批数学、科学和莎士比亚戏剧方面的优秀人才，因而感动了整个美国，被称为"美国最好的老师""传奇教师"，被授予美国"国家艺术奖章"。

轻轻地合上《第56号教室的奇迹》一书，我心情久久不能平静，深深为之感动的同时也引发了我深深的思考：一个普通的教师，在间普通的教室，何以创造出如此辉煌的业绩？思来想去，觉得除了爱还是爱。爱，让他把教育当成一项神圣的事业去做；爱，让他饶有兴趣地去开展每天的工作；爱，让他对每个教学环节充满了好奇；也同样是爱，让他对他的每一个学生充满了期待。

我们没有从《第56号教室的奇迹》里看到雷夫老师的学历，我们看到的更多的是雷夫老师的智慧、热情和对教育事业的投入和思考。印象最深的是该书第一部分"家最温暖"和第二部分"寻找六阶段"，它让我感觉到第56号教室之所以特别，不是因为它拥有了什么，而是因为它缺少了某样东西，那就是缺少了害怕。雷夫老师用信任取代恐惧，并以身作则，做孩子们可靠的肩膀。教室里没有嘲笑，没有讽刺，没有挖苦，更没有惩罚。有两个细节为证，一是有个孩子在做实验时出现不当行为，雷夫是这样处理的，叫他站到旁边去，看大家做，明天再做。雷夫的理由是"当孩子没掌握正确的方法时，我一定让他坐冷板凳"，促使他反思。还有一个细节是他跟丽莎的对话。丽莎没带作业本，雷夫没有批评，而是说"我相信你"做了，结果是丽莎以后再也没忘带作业本了。心理学家认为，如果一个人在学习过程中产生紧张、暴躁、恐慌等情绪，会导致智力发展不正常，影响学习效率。这强调的是非智力因素对人的影响。从56号教室走出来的孩子不一定都是高智商的，但由于雷夫老师注重对他们非智力因素的培养，即培养自信和创设和谐的环境，他们都变得十分优秀。还有雷夫披荆斩棘苦苦思索出来的学生"道德发展六阶段"，很快成为全班的黏合剂，取得的教育效果，也令人惊讶不已。我也是一名教育工作者，工作之余也常常思考教育的真谛，在三十几年教育生涯中，也曾有过鲜花和掌声，但也有过荆棘和倒彩。如果说前十五年拼的是一腔热情，是干劲，那后十五年拼的更多的是智慧，是反思。《第56号教室的奇迹》给我的第一个启示就是教学要靠热情、靠干劲，更要靠智慧和反思。

雷夫在教学中有个理念："自然课的教学重点，是让学生自己动手做。"就是让学生参与实践。通常4—6人一组，一起计划实验，汇总结果。这样的实验每天都有30—40分钟，但孩子们乐在其中。这些活动不仅让孩子们接触了自然科学，更重塑了至关重要的团队精神和班风。由此我想到了我们学校提倡的"主体参与，分组合作"的教学模式，这似乎与雷夫培养学生的动手能力有异曲同工之妙。为什么要分组合作？显然就是为给学生动手动嘴创造了更多的机会。同样是一个问题，分组前是一个人说和做，分N组后就是N个学生说和做了。学生参与进来了，学习的主动性和积极性调动起来了，主体意识加强了，更重要的是动手动嘴能力提高了，学习效果就很明显了。我一直以为，老师课上得再好，如果学生不参与、不配合，仍然不是一节好课，这样的课也同样培养不出优秀的学生。其实让学生参与，方法多得是。比如，改变授课地点和形式，借助投影仪、电脑等现代化教学设备，根据学生的兴趣，课前来一段视频或音乐。只要对教育事业抱有爱心，就会去思考、去钻研，从而找到形形色色的好方法。

当然，智慧和方法不是招之即来的，需要像雷夫那样孜孜不倦，甚至付出毕生的精力去思考，这就要求我们每个教育工作者明确重任，付以大爱！

主要形象是驴还是虎

　　《黔之驴》是唐代著名文学家柳宗元《三戒》中的一篇，后安排在苏教版语文七年级下册第四单元。我在教学中完成了解题、介绍作者、指导朗读、串讲、再读等流程后，要求学生用一句话概括课文的意思，结果出现了两种答案：A.这则寓言主要叙述了老虎吃掉庞然大物驴子的故事；B.这则寓言主要写了驴子被老虎吃掉的故事。我问学生同意哪个答案，他们有的选A，有的选B，有的不知道怎么选。于是我又问，这则寓言塑造了两个形象——驴和虎，你认为主要形象是谁？一石激起千层浪，学生们纷纷举手，结果有两个答案：A.虎，B.驴。我启发学生找理由。学生对这一问题很感兴趣，我让他们开展小组讨论，经过自由讨论后，小组代表回答的结果是这样：

　　支持A的理由是：（1）从详略看，课文详写了驴，略写了虎。写虎用了92个字，不仅刻画了虎的动作、神态，还描绘了虎的心理活动。而写驴，仅仅14个字而已。（2）从寓意看，很多资料包括教参都说，课文的寓意是：不要被貌似强大的敌人所吓倒，只要敢于斗争、善于斗争，定能获得胜利。很显然，这个寓意是从虎的角度说的。

　　支持B的同学的理由是：（1）从课文标题看，"黔之驴"就决定了它的主要描写对象是驴。（2）从写作背景看，作者生活在中唐时期，当时社会上金玉其外，败絮其中的人很多，作者是一位现实主义作家，他写寓言的目的显然是为了针砭时弊，驴，就是作者借助的对象。（3）从写作手法看，课文中写虎的文字虽然多了些，但可以这样理解，作者写虎的目的是为了衬托驴，用虎的机智来衬托驴的愚笨。

两种理由似乎都有道理，学生一筹莫展，把目光投向了我。我首先肯定了支持 A 的同学，然后告诉学生，古人云"文章合为时而著，歌诗合为事而作"，探究作者的写作目的首先要考虑他的写作背景，通过背景去揣摩他的写作目的。这样一提示，学生一致认为答案应该是 B。然后我要求学生从驴的角度概括寓意，学生的答案新奇又丰富：

1. 要想立于不败之地，必须要有真才实学；

2. 固根强本是国家和民族强盛的保证；

3. 弱肉强食是宇宙发展的规律；

……

这些答案似乎推翻了教参上的说法，但我给了学生最高的评价，我感到很欣慰，因为我们的学生懂得了思考，懂得了深层次的思考。

从《苇叶青青》看人性美好

　　男女两性相恋，结果无非有三：修成正果，洞房花烛，是最理想的；反目成仇，分道扬镳，是最不理想的；种种原因，平静分手，互相祝福，这应该是爱的最高境界。律师杨明的《苇叶青青》中的青儿和燕子，当属第三种。

　　《苇叶青青》写的是二十世纪八十年代长江中下游一带一对青年男女的爱情故事。男主人公青儿和女主人公燕子可谓青梅竹马，后因分居两地而选择平静分手。

　　虽然燕子比青儿大三岁，倒也不影响彼此情投意合。两个人"每天去小河南岸的一位老师家做夜作业"时，燕子时时不忘尽着姐姐的责任，总是"提着马灯让青儿走在前头"，保护着青儿；路上说着悄悄话，分享着初恋的甜蜜；分别时，也像恋爱中的青年一样，执手相约，鸿雁传情。青儿喜欢借格言表达对燕子的爱恋，而燕子除了给青儿写信，还将省吃俭用省下来的钱汇给他，接济他读书。应该说，这段恋爱中，双方都付出了真情，的确是你情我愿、纯真美好的。可命运弄人，燕子在广东遇到了一个小老乡，残酷的现实使她与小老乡走进了婚姻的殿堂。在南京求学的青儿被女同学追求，也勉强成就了婚姻。在同学聚会时，青儿主动移位，来到燕子面前

228

低下茶杯敬茶：“曾经青梅，各自心安便好！”没有暧昧，没有怨恨，只有怀念，只有祝福。从他们身上，我看到了人性的美好。

人性美是指人的内在思想、品德、情操与外在的体态、容貌、言谈举止和谐统一，是人类永恒的话题。著名作家沈从文认为：“一个伟大的作品，总是表现人性最真切的欲望。”《苇叶青青》中的燕子对爱情是忠诚的，但面对分居的现实，这个弱女子只能选择分手，可能分手对她来说，痛苦会远远大于青儿，但她相信长痛不如短痛，于她、于青儿都好，于是，主动背起了“负心”的罪名，牺牲自己，成全对方。燕子着实是一个果敢而有担当的女子。而青儿对燕子的这一切，选择了理解，选择了包容，同学聚会，主动敬茶为证。青儿也确实是个有肚量、有担当的男子汉。

“因为爱过，所以慈悲；因为懂得，所以宽容。”青儿和燕子正是因为爱，才从恋人到普通朋友，但无论如何，都不能冲淡他们骨子里的那份美好的人性。

写此文时，网络上铺天盖地都是马伊琍与文章婚变的报道，想到去年的今日，也正是王宝强与马蓉分手之时，马、文“各生欢喜”的祝福与王、马互撕形成对比。泰戈尔说：“爱情是理解和体贴的别名。”如果不能理解和体贴就不能说是真爱，只能是别有用心而已。其实，美好的人性，不仅有益于恋爱，更是当今处理好纷繁人际关系的基石。

《苇叶青青》的确是一篇给人启迪的美文。

后　记

　　我出生在新疆乌鲁木齐，那时我的父亲在新疆生产建设兵团工作。五岁那年，父亲开始教我背"老三篇"（《为人民服务》《纪念白求恩》《愚公移山》）。每天吃过晚饭，母亲收走餐具，父亲就拿出书一句一句地教我读背。在父亲的耐心教导下，我居然把"老三篇"背得滚瓜烂熟。有一次父亲去单位开会，把我也带去了，会议最后一个议程是全体职工听我背"老三篇"。我站在主席台上，居然从容背完。"老三篇"到底讲的什么，我一点也不知道，我只知道好玩，现在想想，那可能就是我的文学启蒙吧，父亲一不小心成了我文学上的启蒙老师。

　　上小学的时候，我爱看的是小人书，就是那种 48 开的连环画，上面是画，下面是字。我常常看得废寝忘食、昏天黑地，也常因忘做作业而被老师责备，但我从不后悔，因为阅读给我的回馈是丰厚的——作文常被老师当作范文在全班读，使我那小小的虚荣心得到暂时的满足。

　　那年暑假，我中学毕业了，父亲对我的管束有所放松，每每吃过午饭，我便可以睡在父母亲的那张大床上，头枕着床沿，打开家里那台半导体收音机，听中央人民广播电台的长篇小说连播《青春之歌》，每天半小时，从不间断。虽然是三伏天，因为心很平静，所以感觉周身一片清凉。小说听

231

完了，感觉像是睡了一个好觉，神清气爽。就是那时，我认识了杨沫，认识了林道静、卢嘉川，从他们身上了解了青春的意义，心灵得到洗涤。

参加工作后，每月的工资大头都给母亲，余下的几乎都用来买书刊了，《收获》《钟山》《中国青年》《辽宁青年》，还有《青年近卫军》《雪国》等。那时我们单位里的读书气氛比较浓厚，老的小的，结了婚的和没结婚的都看。一有什么好文好书，大家马上就互相传阅，得空还一起谈感想。二十世纪八十年代，正是我国改革开放初期，很多新生事物如雨后春笋扑面而来，让人感到目不暇接，伟大的时代绝对能催生出伟大的作品，于是《人生》《高山下的花环》《平凡的世界》纷纷被我们传阅，那时就感觉，阅读是一种无与伦比的力量，它开阔了视野，陶冶了情操，充实了生活，让人从心底感到生命的美好。

我那时在一所农村学校工作，同事也多半是农村人，那年有一个老师的夫人身体不好，我们几个就约好利用星期天帮那个老师栽秧。下午的水田被太阳一晒，滚烫滚烫的，太阳照在脸上，脸上马上发红。我一边栽秧一边听许老师给我们讲小说《人生》，那时我还没看过。许老师讲，张老师补充，就是在那天，我对《人生》这部小说有了些许了解，应该说比自己看了印象还深。因为我们一边听还一边评论，小说主人公高加林和刘巧珍的爱情故事也成了我们工作之余的谈资。

我身体比较弱，家里一些体力活父母总是支派其他人去做，我专管做饭、洗衣、打扫卫生，这些虽然枯燥烦琐但我都能做得井井有条而不觉得累，因为我有妙招，比如，我喜欢在洗衣服和打扫卫生的时候打开收音机听广播剧，印象最深的是听《巴黎圣母院》《简·爱》，还有《包氏父子》等，一部剧听完了，一盆衣服也洗好了，屋子也收拾好了，两不误。美丽而善良的吉卜赛女郎艾丝美拉达、外貌丑陋而心地善良的敲钟人卡西莫多、轻浮的花花公子弗比斯、自尊自强的乡村女教师简·爱都在我心中留下了深刻的印象。

有了孩子后，读书的时间有所减少，看的内容也从大部头改成了"豆腐块"，《扬子晚报》上的"繁星"，《泰州晚报》上的"坡子街"，《新华日报》上的"新潮"，还有《读者》《青年文摘》等也成了我手边的最爱。晚上做完家务，备上一杯清茶，倚在沙发上看自己爱看的美文已是最大的享受，有时突发灵感，信手涂鸦几句，感觉倒也美好。

2003 年，我没担任班主任工作，属于自己的时间相对多些，于是写了一篇《父亲》，工工整整地用信纸抄好投寄给了《泰州日报》，没想到居然被刊登了，当我从学生手中拿到报纸，第一次看到我的文章用铅字打印在报纸上时，激动的心情无以言表。从那以后，我一发不可收，几年来，我的多篇习作见诸报刊，下水文《父亲》《外婆》等先后刊登于《泰州日报》，散文《踏实》《太阳雨》等刊登于《泰州晚报》《下班以后走回家》等刊登于《高港文艺》。在 2011 年泰州市教育局举办的"展时代风采、树巾帼新风"征文竞赛中，我的《大爱铸大就》获一等奖；在高港区建区 25 周年征文大赛中，我的诗歌《有个地方叫高港》获二等奖。我学生印宇的作文《家乡的银杏》曾被《泰州日报》刊登，所指导的多个学生在泰州市作文竞赛中获奖，王凡的《参观引江河枢纽工程》曾获江苏省作文大赛一等奖，我也被江苏省教育厅授予"江苏省读书先进个人"的称号……阅读推动了写作，写作优化了教学，它们相辅相成，良性循环。如果说人生是一条河，那么，书就是载着我渡过这条河的船，它从愚昧港出发，经过知识岛、智慧湾、财富桥、快乐堤，一直到达知性岸！

今年正月二十七，父亲离开我们去天堂陪我母亲了，我也即将离开讲台，开启我新的人生之旅，于是有时间把我二十多年来的文稿进行整理，汇编成册，取名《月亮门》，算是对我这么多年文学生涯的回眸和小结，也是想以这种方式告慰我父亲的英灵，想他老人家知道了定会含笑九泉。

成书期间，曾得到江苏省泰州市文联主席庞余亮，泰州市高港区作协主席陈林及副主席杨明、周新，泰州市广播电视台首席编辑王健，泰州市高港区口岸镇原党委书记戚正欣，兴化市宣传部原副部长罗有高的鼎力支持，一并表示感谢，同时对一直关注和支持我的读者朋友亦表示衷心的感谢。

2024 年 8 月